오렌지와 빵칼

청예 장편소설

ORANGE
AND
BREAD KNIFE

허블

추천의 말

여기 웃음을 잃은 사람이 있다. 그래서 억지로 웃는 사람. 귀찮고 민망한 상황을 피하기 위해 일단 미안하다고 말하는 사람. 최선을 다해 배려했으나, 무심하다는 소리를 듣는 사람. 그래서 또 사과하는 사람. 아, 지긋지긋한 인생. 그녀는 변화를 원한다. 이 모든 게 다 뒤집히기를 바란다. 실제로 그렇게 된다. 그 순간, 도파민이 폭발한다. 억눌려 있던 그녀의 잿빛 마음이 형형색색으로 빛나기 시작한다. 그녀는 진심으로 끝내주게 웃는다. 그리고 나도 웃었다. 근래 이렇게 무언가를 허겁지겁 먹어 치우듯, 탐욕스럽게 읽어 내려간 소설이 또 있었던가. 날렵하고 노련한 문장과 아슬아슬한 긴장감으로 가득한 플롯. 무시무시하고 저돌적인 기세. 대담한 인물 설정과 날카로운 시선. 감탄을 거듭하며 책장을 넘기다 보니 어느새 충격적인 결말에 도달해 있었다. 쾌감이 차갑게 얼어붙었다. 내가 쥐고 있는 건 오렌지일까, 빵칼일까. 아니, 내 손은 어느 쪽으로 기울어져 있을까. 웃음이 나온다. 진심으로. 청예 작가 덕분이다.

강화길(소설가)

삶은 힘들고, 불편과 불만과 불쾌로 가득 차도 세상의 눈으로 보면 그건 '평범'이다. 그 평범함을 참지 못한 개인은 유별나고 나쁜 사람으로 인식된다. 작가는 주인공의 입을 빌려 거기에 대한 항의를 세상에 던진다.

"시발 새끼."

그 항의는 일상에 지친 사람들에게 피곤하게 느껴지지만은 않는다. 유쾌한 필체로 유려하게 쓰여가는 이야기가 공감을 넘어 그것을 마치 내 얘기라고 받아들이게 한다. 소설 속의 '나'는 드디어 진짜의 '내' 이야기를 하기 시작한다. 모든 세상이 '네!'를 외쳐야 마땅하다고 강요할 때 '아니!'라는 소리를 내지르는 주인공을 보면 카타르시스가 느껴진다.

다른 사람과 같은 선택을 하지 않으면 병에 걸린 사람처럼 보는 이 세상이 과연 맞냐고 독자에게 따져 묻는다. 하지만 평범을 넘어 본능의 갈망을 좇아 사회의 중앙선을 침범하면 그것이 바로 금기라는 점까지 놓치지 않고 말하는 작품이다. 죄책감 없이 행해지는 본능이야말로 인간의 진면모라고 말하는 거짓은 소름 끼친다.

읽는 내내 너무 공감이 갔다. 문장이 재미있고 시원해서 히죽거리며 웃었다. 특별하지 않은 이야기를 특별하게 만드는 작가의 능력에 감탄한다. 오늘 하루, 쳇바퀴 속에서 똑같이 달린 자신의 모습에 지친 이에게 이 책을 권한다.

정해연(소설가)

차례

자유가 우릴 추하게 만든다.

푹

마주하고 싶었던 주말의 색채란, 굳이 따지자면 노란기가 섞인 녹색 같은 것이었다.

한 시간이고 두 시간이고 바라보고 싶을 만큼 다정한 연인의 얼굴, 잠기운에 뒤척일 때 머리에서 나는 흐릿한 샴푸 단내, 직선이 되기를 거부하는 목덜미의 보드라움, 어제 마시기를 깜박해 다 식어버린 커피의 향, 열어놓은 창문 밖으로 슬며시 기어드는 아침 해의 온도, 들숨에 무질서하게 엉키는 오전 공기의 질량감, 좌절에 도달하지 않을 정도로만 늦어버린 일정, '나 5분만 더 누워 있을게요'라고 말하면 얼마든지 고개를 끄덕이는 알람 시계.

바랐던 하루의 시작이란 그런 것이었다.

"누구랑 문자 해?"

"은주."

"토요일 오전부터 성실하네."

"워낙 부지런하고 똑똑하니까."

눈을 뜨자마자 모닝빵을 우물거리며 운전해야만 하는 수원은 피곤해 보였다. 한 시간이고 두 시간이고 바라보기에는 썩 예쁘지 않은 그의 옆얼굴을 잠깐 보고는 금세 고개를 돌렸다.

"내가 운전해도 되는데."

"너는 한 손 운전을 습관처럼 하잖아. 정말 위험하다니까."

"이 시간에는 도로에 차 없어서 괜찮아."

"호주에서 사고 난 걸 봐서 그래."

그는 운전석 도어트림에 보관해 둔 생수 한 병을 꺼냈다. 본인은 삼다수만 마시면서 내게 줄 때는 늘 분에 넘치는 에비앙으로 샀다. 제일 좋은 것만 주고 싶다며 싱긋 웃는 모습이 5년 전의 얼굴과 다름없었다. 달라진 것이 있다면 메시지에 답장을 해야 한다는 핑계를 대며 생수병을 거절하는 나의 태도겠지.

은주가 보낸 것은 구호단체의 기부 링크였는데, 연이어 몇 개의 링크도 함께 전송됐다. 어떤 링크는 '더 보기'가 뜰 정도로 줄줄이 소시지처럼 긴 문자열이었다.

흉포할 정도로 긴 그 링크를 클릭해 보니, 재난 피해를 받은 세계 각지의 아동들이 얼마나 힘든 삶을 보내고 있는가를 보도하는 기사였다. 눈물범벅이 된 얼굴로 울고 있는 여러 아동 사진이 기사의 최상단에 삽입됐다. 어떤 아동은 너무 울어 버려 코끝에 콧물 방울이 맺혀 있었다.

'왜 이걸 메인으로 뽑았지?'

웃으면 안 되니까 안 웃었다. 하지만 길거리의 행인이 이렇게 콧물 방울을 불면서 울고 있다면 누구든 웃을 것 같았다.

은주는 3만 원을 기부했다고 메시지를 보냈다. 나는 그 말이 무엇을 의미하는지 잘 알았다. 몰라서 거역하면 실수, 알고도 거역하면 그때부터는 반역. 나는 쿠데타를 일으킬 자신이 없었다. 동시에 3만 원으로 소비할 수 있는 것들을 상상해 봤다. 사고 싶었던 부츠컷 바지가 할인하던데. 아쉬워라.

나도 3만 원 기부했어 은주야. 마음이 참 아파.

은주가 답신으로 엄지를 들며 촐싹거리는 이모티콘을 보냈다. 기사, 동참, 이모티콘. 컵라면보다 빠르게 해결 가능한

이 선의를 창조해 낸 것은 어쩌면 나의 마음이 아니라 네이버페이 시스템일지도 모른다.

골치 아프게 재고 따질 것 없이 3만 원을 지불하고서, 내가 누릴 수 있는 효용을 가늠했다. 과연 그 효용이 부츠컷 청바지보다 값질까? 일단 나는 이걸로 기부금 연말정산 공제를 받을 수 있겠지. 아아, 제발 내년에도 13월의 보너스가 생겼으면. 울고 있는 아동들아, 내가 환급금을 받을 수 있도록 기를 모아줘. 그렇지만 3만 원 이상은 안 된단다. 내 피 같은 돈으로 휴지를 사서 코를 팽, 하고 풀어보렴. 아주 시원하겠지. 나는 너희를 정말로 걱정해. 다 같이 좋은 삶, 아름다운 삶을 살자.

그래, 이건 효용을 위한 일이었다. 아니다, 이건 순수한 선의였다.

어젯밤에 서향역에서 절도 사건 터졌대.

진짜 한국 치안 바닥이네.

우리 동네에서 며칠 전에 누가 불륜한 거 알아? 세상에 믿을 사람이 없어.

미쳤다.

아이돌이 역사 망언 한 건 봤어? 골 빈 것들.

과속방지턱을 밟을 때 차가 튀어 올랐다. 위로 붕 뜨는 감각을 따라 나는 잠깐 숨을 참았다.

차창 너머에서 아침의 뜨뜻미지근한 해가 들어와 손을 긁었다. 휴대폰 액정 밖으로 난반사되어 튕겨 나간 빛은 잔열을 남겼다. 눈이 부셔 눈꺼풀을 알맞게 맞추어 닫으니 먼지가 들어왔는지 이물감이 느껴졌다. 돋보기가 없어도 결국 햇살은 한 점에서 모여 손등을 파고들었다.

어떤 정치인의 비리, 어떤 기업의 로비, 어떤 자영업자의 한탄, 어떤 직장인의 의문사, 어떤 프리랜서의 고발, 어떤 그림자의 실종, 어떤 살인, 폭력, 범죄, 부조리, 불합리, 부도덕, 김수한무 씨의 미친 거북이와 정신 나간 두루미와, 그 삼천갑자 당장 벌금 5억 원 물려야 하지 않아요? 개념 없는 동박삭 징역 100년 때려버려요, 어쩌고저쩌고.

정신 똑바로 차리고 살아야 돼.

숨을 참는 동안 조우한 주말 아침의 얼굴을 살폈다. 이제 보니 다 타버려 혈색을 상실한 잿빛의 병객이었다. 죽고 싶다고 말하면서도 몸이 아프면 꾸역꾸역 병원에 가서 약을 타 먹는 힘없는 병객의 얼굴. 그런 얼굴들을 한데 모으면 나의 아침이 된다. 은주는 내게 늘 그런 아침을 선물했다.

그녀는 나를 사랑한다.

나도 그녀에게 하는 중이다. 사랑 비스름한 거.

또 한 번의 과속방지턱을 넘을 때 수원이 팔을 뻗어 내 상체를 보호했다. 나는 그 순간에 푸, 하고 숨을 내쉬었다. 입에서는 아직 가시지 않은 치약 냄새가 났다.

영아야 내가 지난번에 보내준 국민 청원에는 참여했어?

뭐였더라.

지금 할게.

아직 안 한 거야? 작은 도움으로 그분들 인생이 바뀌는데.

은주와 나는 고등학교 동창으로, 스물일곱이 된 현재까지 제법 좋은 관계를 유지했다. 나는 은주를 존경하고 있다. 늘 제자리에 멈춰 서는 나와 달리 그녀는 세상을 이루는 부분들을 움켜잡기 좋아하고 두려움 없이 바꾸는 사람이었다. 그녀는 곁에 선 생명체라면 그것이 무엇이든 좋아할 줄 아는 여자였다. 뭐라고 표현하면 좋을까, 인류애가 있다? 그것과는 달랐다.

은주는 시간을 사랑할 줄 아는 여자였다. 그 시간이란, 앞으로 가거나 뒤로 가거나, 꽃을 개화시키고 쇠락시키는 모든 것을 포함하여, 시대나 역사와 같은 광의적인 것까지 포함하여, 때로는 단지 하루와 이틀 그리고 사흘 정도의 개별적인 단위로서만 존재하기도 하며, 시야를 밝히고 또 암전시키는 드넓은 개념.

이렇게도 말할 수 있겠다. 은주는 사람을 사랑했다. 그러므로 그녀는 사람을 미워했다. 나 또한 그런 은주를 정말 좋아했다. 그래서 은주를 증오했다.

아니다, 증오하지 않는다. 이런 말을 해서는 안 된다. 넘어져도 다치지 않을 비단 카펫을 세상에 깔기 위해 이른 아침부터 동분서주하는 여자를 향해 피곤을 호소하다니 얼마나 건방진 태도인가. 눈 감고 휴대전화를 덮으면 닿지 않을 타인의 불행에까지 도움을 주려 하는 여자를 어찌 피로하게 여긴다는 말이지? 어떻게 그런 괘씸한 생각이 가능하지? 근데 왜 나는 그 불순한 마음을 자꾸만 혀로 할짝대는 것이지?

나는 병에 걸렸다. 아마도 그렇다.

"오빠."

"응."

"우리 예전에 정말 좋았지?"

"지금도 좋잖아."

"그럼 내일도 좋을까?"

한 손 운전을 그토록 두려워하는 수원이 불안한 눈으로 나를 보더니 한 손을 뻗어 내 손을 감쌌다. 따뜻했지만, 햇살의 온도에 비하면 보잘것없는 온기였다.

"좋아지려고 이렇게 일찍 일어난 거야."

오늘보다 내일이 나아진다는 믿음으로 우리는 살아간다. 하지만 제법 많은 인간이 과거를 동경하게끔 설계되었다는 걸 은주와 수원은 알고 있을까.

3년 전에 찍어놓은 사진을 보며 그때는 참 젊고 좋았다고 그리워한다. 정작 그때도 지금만큼의 스트레스가 있었겠지만, 시간이 추억으로 이름을 바꾸면 제법 찬란한 것으로 포장된다. 청춘이라는 이름으로 저지른 대부분의 실수가 그럭저럭 자랑할 법한 인생의 트로피처럼 느껴지는 반면, 현재는 아무런 특색 없이 쌓이기만 한 폐지 묶음 정도로 취급되기도 한다. 그렇다면 오늘의 폐지도 시간이 지나면 트로피가 된다. 3년 후에는 오늘을 추억할 것이고, 5년 후에는 오늘을 갈망할 것이고, 10년 후에는 오늘이 찬란했다는 평을 남기겠지.

오늘의 고민이 없던 어제, 오늘의 질병이 없던 어제, 오늘의 늙음이 없던 어제. 왜, 이런 말이 있지요. "'자살'을 거꾸로 해보세요, '살자'입니다." 그렇다면 '살자'를 거꾸로 하면 '자살'이지 않습니까? 어떻게 생각하느냐에 따라 '자'와 '살'이라는 두 글자로 만드는 선언은 극단을 향한다.

우리는 폐지와 트로피 사이에서도 중용을 찾기보다는 둘 중 하나만을 치열하게 욕망하며 살아간다.

나는 더 이상 불행한 쪽으로 치우치고 싶지 않았다.

내가 보내는 국민 청원들은 다 동참해 줘. 외면하면 안 돼.

알겠어. 내가 미안해.

사랑하는 사람을 실망시킬 때는 주저하지 말고 숨을 쉬자. 타인을 실망시켰다는 절망이 목을 조여 오지 못하도록, 들이쉬고 내쉬는 일에 최선을 다해야 했다. 내가 또 네 마음의 허리를 꺾었구나. 이 세상이 오와 열에 맞추어 잘 굴러갈 수 있게끔 헌신하는 사람을 내가 불편하게 만들었다. 아무리 생각해도 이 모든 잘못에 이름표를 붙여줘야 한다면, 오영아라고 적어야만 했다.

그러니 나는 바뀌고 싶었다.

"다 왔어."

손수 안전벨트를 풀어준 수원이 내 이마에 입을 맞췄다. 서서히 멀어지는 입술에서 내 입에서 나는 것과 똑같은 치약 냄새가 났다.

오늘의 나는 지난 기념일에 수원과 맞춘 커플 속옷을 입었다. 은주가 선물해 준 노란 셔츠도 입었다. 나를 귀하게 여기는 사람들로 겉껍질을 만들었으니, 알맹이만큼은 나의 선택으로 바꾸어야만 하는 셈이다.

걸신이 타인의 재물을 탐하듯 숨을 집어삼키고, 끝내 소화하지 못해 구토하듯 숨을 뱉었다. 괴로워도 숨쉬기만큼은 잊지 말아야지. 숨쉬기가 나의 불행을 차곡차곡 쌓아가는 일이라 할지라도 숨쉬기만큼은 잊어선 안 됐다. 살아야만 하니까. 누군가 내 마음을 듣고 있다면, 당신도 지금 숨을 쉬세요. 삶에 질식되어선 안 됩니다.

내가 도착한 곳. 새하얀 외벽에 주홍색 글씨로 '서향의학연구센터'라는 명칭이 쓰여 있다. 생크림 케이크 위에 오렌지 조각을 장식해 놓은 모양새였다. 이곳이 내 정신머리를 고쳐 줄 곳인가요. 보기만 해도 달콤해 보여요.

나는 내 발로 여기까지 왔다. 이것은 내 의지로, 내 행동으로 초래한 일이었다. 우리는 이것을 '자초'라고 부르지요.

오늘이 있기까지 겪어온 나의 파편이란….

오렌지와 빵칼

1

웃음을 상실한 지가 너무 오래됐다.

취업 전까지만 해도 별거 아닌 일에 웃을 수 있는, 이른바 '실없는 웃음'이라는 능력을 보유한 사람이었는데 어느 순간 능력을 잃어버렸다. 매사에 긍정적으로 살라는 엄마의 유언대로 나는 아무렇게나 던져도 같은 면밖에 나오지 않는 동전처럼 살았다. 잘 웃고, 잘 배려했고, 잘 참았다.

좋은 게 좋은 거라는 마음가짐을 신봉하며 살았음에도 바란 적 없던 어떤 면이 생겨났다. 이제 동전은 완전한 양면을 가지게 됐는데, 낯선 면을 보고 있으면 원래부터 있던 면인지 동전이 통째로 바뀌어진 것인지 도통 구분이 가지 않았다. 그저 성숙의 또 다른 모습이겠거니 싶어 판단을 유예했다.

그런 나를 들쑤시는 건 유치원의 신규 원생 '정은우'였다.

'은우야 친구들이 싫어하니까 그만해.' 이 문장을 몇 번이나 반복했을까. 은우는 자신을 마일로Milo라 부르라며 생떼를 썼는데, 여섯 살임에도 목소리가 어찌나 쩌렁쩌렁한지 고성 한 번에 옆 반 담임 교사까지 앞치마를 펄럭이며 햇살반의 문턱을 넘어올 정도였다.

"또 은우인가요?"

"죄송합니다. 제가 주의를 줄게요."

"영아 선생님이 고생이 많아요. 저 아이는 참."

손 기름이 잔뜩 묻은 방울 머리끈을 억지로 뺏어 지수에게 돌려줬다. 체리 과육처럼 반들반들하게 깎인 방울의 표면 위로 지수의 닭똥 같은 눈물이 흘렀다. 새빨갛게 달아오른 아동의 뺨을 두 손으로 감싸자 말랑한 핫 팩을 쥔 기분이 들었다. 지수의 서러움이 손등 위까지 데굴데굴 굴러오면 나의 탓이 아님에도 죄책감이 들어 괴로이 입술을 깨물었다.

자기 것을 정당히 돌려받았음에도 지수는 여전히 은우의 눈치를 봤다. 그 모습이 안쓰러워 나는 지수의 뒤통수를 쓰다듬고선 온몸으로 감싸안았다.

"은우를 마일로라고 부르지 않아서 죄송해요. 잘못했어요."

“지수 잘못이 아니야.”

“다시는 은우라고 부르지 않을게요.”

“선생님이 은우 혼내줄게.”

우리의 대화를 엿들은 은우는 본인이 비난받아 마땅하다고 느낀 여자아이를 선생님이 두둔하는 게 몹시 분했는지 내 등에다 발길질했다.

“나는 마일로라고. 마일로라고 부르지 않는 사람이 나빠.”

“은우! 선생님을 때리면 안 되죠?”

“돼! 돼! 돼!”

은우가 때 탄 양말을 내 등에 비벼댔다. 실내화 없이 화장실 바닥을 밟던 양말임을 알기에 원초적인 거북함이 느껴졌다. 뱀눈으로 은우를 쏘아봤다.

이번이 처음은 아니었다. 은우는 준혁, 원준, 슬아, 하린, 참 많은 아이를 괴롭혔다. 등원을 시작한 지 고작 한 달밖에 되지 않았음에도 말이다. 이유는 동일했다. 아이들이 자신을 마일로라 부르지 않았기 때문이다.

“친구들이 무서워하니까 그만하라고 했지!”

나는 계속해서 지수를 꼭 끌어안은 채 아랫입술을 깨물었다. 체중을 잔뜩 실은 조그마한 발이 등에 내질러질 때마다 허리가 저렸다. 이 상황을 절대 인간 대 인간 사이의 일로 생각해선 안 됐다. 그랬다가는 인간의 도리를 운운하며 여섯 살짜리 아이의 관자놀이에 주먹을 꽂아 넣을지도 몰랐다. 인간 대 '인간이 되기 직전의 어떤 것'으로 생각해야지만 견딜 수 있었다. 차라리 새끼 외계인 정도로 간주해야 어쩔 수 없는 이 분노를 다스릴 수 있겠지.

비록 이것이 어른 된 자의 오만하고 역겨운 생각일지라도, 어른 된 자이기 때문에 이딴 생각이라도 해서 참을 필요가 있었다.

"개가 먼저 잘못했어요! 나를 정은우라고 부르지 말라고."

"은우! 당장 그만둬. 선생님 화낼 거야."

"화내든가요. 나는 엄마한테 이를 거야."

"엄마도 은우가 이러는 모습을 절대 좋아하지 않으실 거야."

"어쩌라고! 어쩌라고!"

기어코 은우는 유산을 몰수당한 삼대독자라도 된 듯이 바닥을 구르며 대성통곡했다. 달팽이관이 파업을 선언할 만큼 굉장한 목청이었다. 저 작은 배에서 어찌 저런 힘이 나온단 말인가. 원생들이 고사리손으로 귀를 틀어막고 저마다 흥분해 소리를 지르기 시작했다.

창이 좁아 햇살이 안개처럼 흩뿌려진 오후 1시의 햇살반은 어린 괴수들의 포효로 전쟁터가 됐다.

"은우야."

"으아아악!"

"정은우."

"아아아악!"

원통함이 은우의 목젖을 간질이며 더욱 크게 울부짖어 보라 부추겼다. 아이는 흥분을 가라앉히지 못하고 두 손을 휘두르기 시작했다. 꼭 내 등 위로, 이상기후가 만든 비정상적인 크기의 우박이 쏟아지는 것만 같았다.

햄스터는 인간을 물 때 두 눈을 질끈 감고 무는데 그러면 인간의 손에선 피가 철철 난다. 어떠한 생명체든 위급한 상황에 저항하는 순간에는 온 힘을 쏟아낸다. 자그마한 6세 아동의 폭력에 내 척추가 요동치고 극심한 통증에 이를 악무는 일이 이상하지 않은 이유였다.

27년 인생에 이토록 최선을 다하는 폭력을 고스란히 받아내는 건 처음이었다. 얘가 저를 먼저 때렸으니까 정당방어로 딱 한 대만 후려쳐도 될까요. 실현 불가한 욕망이 주먹을 휘감았으나 어른의 이성은 본능을 굴종시키기 위해 존재했다. 참아야만 했다.

하지만 나는 정말이지, 더 참기가 어려웠다.

"정은우! 그만 좀 하라고 했지!"

소리를 지르고 말았다. 어른의 진심 어린 포효에 놀란 원생들이 미숙한 포효를 멈추고 얼음으로 변했다. 허억. 여기저기서 겁을 집어삼키는 소리가 들렸다.

"선생님이 우리를 미워해."

"엄마아…."

빳빳하게 굳은 목들이 나를 바라봤다. 그들의 어린 걱정들이 무시무시한 빨간 펜으로 환생해 근무평가서 위에서 춤추는 상상을 했다. 선생님이 '나한테' 소리 질렀어요, 선생님이 '나만' 미워해요, 선생님이 '나를' 소외시켜요. 두려운 것은 아이들의 손질되지 않은 갸륵한 피해의식이 아니었다. 그 뒤에 존재하는, 어른들의 손질되지 못한 맹목적 믿음이 두려웠다.

"아니야. 선생님이 미안해. 정말로 미안해."

안절부절못하는 손으로 은우의 어깨를 감싸고 용서를 빌었다. 무릎은 나도 모르게 이미 꿇고 있었다. 왜 이 아이를 보면 마음이 통제가 안 될까. 은우가 유별난 것도 있겠지만 나는 원래 쉽게 화내는 사람이 아니었다.

은우는 오늘도 나의 분노와 굴욕을 관람하고서야 씩 웃어주었다. 생떼를 멈춘 소년은 얄미울 정도로 감정을 빠르게 추슬렀다. 이럴 때 은우는 늘 이 한마디만 뱉었다.

"유 네일드 잇*You nailed it."

모욕감에 주먹 쥔 손을 앞치마 주머니 안에 숨기고 부들부들 떨었다. 그런데 이상하게도, 은우가 '유 네일드 잇'이라고 말하면 나는 파블로프의 개처럼 반사적으로 웃음이 나왔다.

이 아이에게 증오를 느낄 때마다 튀어나오는, 상실했다고 믿었던 웃음. 그 이상한 웃음이야말로 감춰놓은 동전의 낯선 면이었다.

*

정규 수업이 끝나는 3시. 대다수의 원생들은 하원을 준비했다. 유치원 차량을 이용하는 경우 3시 10분까지 샛노란 통학 차량에 탑승해야 했는데, 차량이 준비될 동안 저들끼리 수다를 떨었다. 카랑카랑한 목소리로 재잘거리는 이야기는 유행 중인 빵 스티커부터 시작해 티니핑 캐릭터 중 누가 최고인가에 관한 토론까지 시시각각 변했다.

은우는 마당에서 장난감 삽으로 모래성을 쌓았다.

"아까 선생님이 화내서 미안해."

* '당신이 해냈군요!'라는 칭찬의 의미를 가진다.

나는 혼자인 아이 곁에서 흙장난을 치며 기분을 풀어주려 했다. 저녁 돌봄 시간까지 남아 있어야 하는 은우는 5시가 돼도 집에 가지 못했다. 함께 놀 다른 아동이 없는 관계로 내가 아니면 저녁이 될 때까지 말 상대가 없었다.

"선생님이 잘못했어. 응?"

들은 척도 하지 않기에 토라졌나 싶어 표정을 살폈다. 콧김까지 뿜으며 흙을 쌓는 걸 보니 기분이 나쁜 상태는 아니었다.

이 자식이 또 나를 업신여기고 있구나. 그리 생각하니 다시 인간 대 인간으로 은우를 대하고픈 충동이 일었다. 그래서는 안 됐다. 은우를 '인간이 되기 직전의 어떤 것'으로 대해야만 나는 이 존재를 배려할 수 있고, 너그러이 이해할 수 있다. 먼저 인간이 된 자의 품위, 즉 어른의 책무를 지켜야 했다. 나는 어쩔 수 없이 두 손 두 발을 다 들었다.

"마일로. 아임 소리I'm sorry."

"알았어요."

은우는 1초를 채우지 못하는 찰나에만 나를 보더니(그 눈빛은 흘김에 가까웠다) 다시 모래성에 집중했다. 머릿속에서 적군의 허접한 모래성을 향한 온갖 테러가 진행됐지만 간신히 참아냈다. 유치원 교사 신분으로 할 수 있는 건 유엔평화유지군

흉내뿐이었다.

"모래성 쌓기 재미있어?"

"혼자 해도 되니까 선생님은 들어가서 일하세요. 매일 이 시간에는 종이에다 뭘 적잖아요."

원생 학급일지를 말하는 것이었다.

"정말로 선생님이 없어도 되겠니?"

"네."

"혼자서 놀면 재미없잖아."

"이거 재미있는데요."

은우가 손가락으로 깃발을 가리켰다. 빨강, 노랑, 파랑. 나는 세 가지 깃발 중에 빨간색을 골라 모래성 꼭대기에 꽂았다. 그러면 은우는.

"얍."

발로 모래성을 뻥 차 무너뜨렸다. 그제도, 어제도, 오늘도 이 아이는 늘 이랬다.

"뭐든지 만드는 거보다 무너뜨리는 게 더 재미있어요. 엄마가 그랬어요."

*

원장이 손수 참외를 손질해 빨간 접시 위에 담아 왔다. 씨를 먹지 않는 나를 위해 일일이 발라준 것을 보아 오늘의 소란을 어지간히 신경 쓰고 있었다.

"하이고. 외국에서는 원래 애를 이렇게 키우나?"

멋쩍게 웃고 말았다. 유치원 근처에 사는 지예의 어머니가 아침에 주신 참외는 냉장고에 들어가 있던 시간이 길어 시원하고 달았다. 어금니로 과육을 으깨자 즙이 혀를 적셨다. 말없이 단맛을 느끼는 동안만큼은 스트레스로부터 멀어졌다.

"이제 외국에서 살다 온 애는 거절해야겠어요. 선생님 몸은 괜찮아요?"

"저는 괜찮습니다."

"은우가 낮의 일을 엄마에게 나쁘게 말할까 걱정되네. 괜히 들볶으러 찾아올까 무섭네요. 내가 전화라도 미리 해야 하려나…."

친절함을 가장한 원장의 시선이 접시 위의 참외 조각과 내가 쥔 포크를 차례로 오갔다. 그럼 그렇지. 지예의 어머니는 원장에게 참외를 공짜로 줬지만, 원장은 내게 공짜로 썰어주지 않았다. 보이지 않는 청구서가 귓가에 당도했으니 나는 먹은 값을 해야만 했다.

"하원시킬 때 제가 잘 말씀드릴게요. 괜히 서로 곤란한 일 없게요."

"그래요. 종일 시달렸을 텐데 하원 보조까지 맡겨서 미안해요. 내가 오늘부터 저녁에 필라테스를 다녀서요."

"아, 네…."

"은우가 늦둥이라 그런지 오냐오냐 자랐나 봐요."

"늦둥이라서 그런 건 아닐 거예요. 착한 애들도 많으니까요."

"그건 그래요. 은우가 특히 별나지요. 그런데 좀 이상하지 않아요?"

"뭐가요?"

"늦둥이는 금실 좋은 부부나 갖는 건데, 은우네는…. 하하, 농담이에요."

"하하하…."

"영아 선생님. 요즘 통 웃질 않던데 그렇게라도 웃으니 보기 좋아요."

원장이 공허하게 미소 짓더니 큰 손으로 내 등을 훑었다. 어설픈 위로는 안 받느니만 못하지만 살다 보면 필요없는 일들을 서로 용인해야 할 때가 있다. 나 또한 원장과 동일한 표정으로, 텅 빈 감정을 나눠주었다. 돌아서면 금방 휘발될 이 웃음은 너무 가벼웠다.

아무튼 학급일지는 마지막 원생의 것 한 장만 남았다. 오른쪽 상단에 한글과 영문이 공존하는 이름을 내려다보았다.

정은우. 이 아이는 호주 멜버른에서 모친과 단둘이 귀국한 아동으로, 모친은 하나동에 전입신고를 하고 빵집 '나루터'를 개점했다. 듣기로 그녀는 남편과 헤어진 수년 전부터 홀로 은우를 키우다 올해 귀향했다더라. 요즘 같은 시대에 뼈아픈 역사 한 줄 없는 가정은 없는 법이었다. 가족사로 은우를 판단하는 일은 삼가야 했으며, 그건 다른 원생들에게도 마찬가지였다.

다만 한 가지 추측 정도는 했다. 경제적으로 힘들게 크지는 않았겠다는 것. 등원 첫날 빵을 잔뜩 들고 와 친구들에게 나눠줄 때만 해도 나는 은우가 외국물을 적당히 먹고 귀국한 도련님인 줄 알았다. 속물근성에 찌들었다 욕을 먹는다 해도 어쩔 수가 없는 것이, 아이의 티셔츠에는 메종키츠네 자수가 새겨져 있었고, 가방도 빈폴키즈였다. 은우는 단 하루도 메이커 없는 의류를 입지 않았다. 아동은 참으로 부모의 거울이라, 부모가 가진 여유를 여과 없이 보여주었다. 그래서 은우를 어련히 곱게 자란 새침데기라고 생각했다.

이것이 나의 오만이자 편견이라는 건 금세 밝혀졌다.

아무리 어려도 아이 역시 한 명의 사람이므로 또래 집단에 섞이기 전에 영악히 눈치를 살피는 게 보편적이었다. 특히 중도 입학한 원생은 친분을 쌓을 만한 사람을 물색하기 전까지는, 다른 말로 비빌 만한 언덕을 찾기 전까지는(이 '언덕'에는 교사도 포함된다) 성격을 드러내지 않기 마련인데 은우는 아니었다. 첫날부터 오늘까지 비슷한 일들이 반복됐다. 그러니 이 아이를 조수석에 태워서 빵집까지 모셔다 드리는 일이 결코 편할 리가 없었다.

앞치마를 개고 은우의 손을 씻겼다. 이미 퇴근한 원장의 책상 위에 일지를 올려놓고 은우의 젖은 손을 잡았다. 우리는 주차장으로 가 차 앞에 섰다.

쾅쾅. 보닛을 두어 번 내리치는 일은 나의 오래된 습관이었다.

"왜 두드리는 거예요?"

"길고양이가 안에 있을 수도 있어서."

"그게 왜요?"

"모르는 채로 운전하면 고양이가 죽기도 하거든."

"고양이가 죽으면 차가 망가지나요?"

"차가 망가지는 것도 있지만 고양이가 다치면 안 되니까

이러는 거야."

조수석에 앉은 은우는 많이 해봤는지 야무지게 안전벨트를 매고 방향제에 코를 박았다. 사물에 호기심을 가지는 모습만큼은 또래와 다름없었다. 나는 내비게이션에 나루터 인근 공영 주차장이 찍혀 있음을 확인하고 핸들을 잡았다.

"선생님."

"응."

"그렇게 살면 안 피곤해요?"

요 쥐방울만한 게. 겨우 여섯 살 주제에 아까부터 따박따박 말대꾸.

참아야 했다. 가슴에 칼 세 자루를 품고 대답 없이 숨만 들이마셨다. 은우는 운전을 시작하려는 어른의 손을 휙 낚아채 자신을 쳐다보게 만들었다.

고사리손이라 할지라도 동의를 구하지 않는 접촉에 나의 미간이 일그러졌다. 건방진 행동에 표정을 관리하지 못했고 한껏 찌푸린 얼굴을 들키고 말았다. 실수였다. 이 아이를 어른과 동등한 인간이라 생각해선 안 됐는데. '아이니까' 멋대로 손잡을 수도 있지요. 그리 생각해야만 했다. 난 자꾸만 은우를 다 자란 한 명의 인간으로 여기는 실수를 범했다. 은우는 상대의 미성숙한 표정을 목격했다.

그러자 이번에도 어김없이.

“유 네일드 잇.”

간신히 입술을 깨물어 웃음을 참았다.

*

나루터는 에코 비건 빵집으로, 일방통행로를 사이에 두고 25마트와 같은 날 영업을 시작했다. 25마트는 무인 판매를 적용한 중소형 마트인데, 일반 물가보다 평균적으로 25퍼센트 이상 저렴한 염가에 물건을 팔았다.

하나동 주민들은 25마트의 개장을 악수로 단정 지었다. 염가와 무인 판매는 공존시켜 봤자 구매력이 낮은 소비자만 꼬이니 추후에 각종 도난 사건으로 손해만 볼 것이라는 단순한 평가였다. 가게 운영에 실리가 밝지 못한 외지인이 편의점 하나 내는 마음 정도로 가볍게 개점한 게 아니냐는 말이 떠돌았지만 의외로 25마트는 장사가 잘됐다.

반면 나루터의 성적은 처참했다. 길 하나를 사이에 두고 새로운 가게들이 문을 활짝 여는 하나동의 풍경은 과연 부동산 시장에서 많이 언급된다는 신도시다웠다. 둘 중 한 곳만 장사가 잘되는 모습은 말할 것도 없었다.

"어머님, 안녕하세요."

나루터의 문을 열자 포슬포슬한 빵 냄새가 콧망울에 잔뜩 달라붙었다. 손님은 단 한 명도 없었으며 잔뜩 쌓인 빵들 어디에도 마감 할인 스티커가 붙지 않았다.

원생을 귀가시키기 위해 퇴근 시간을 희생했다는 점이 언짢았지만, 최대한 반가운 척 미소를 지으며 여자에게 은우를 넘겼다.

"좀 멀었죠?"

"은우가 얌전해서 오는 길이 즐거웠어요."

"빵이라도 하나 드시겠어요?"

"괜찮아요."

은우는 여자의 품에 안겨 배에 이마를 비볐다. 여자는 가벼운 포옹을 마치고 테이블에 은우를 앉힌 다음 두유 크림빵과 오렌지 주스 한 컵을 준비했다. 얌전하기는커녕 종일 친구들에게 악을 쓰느라 체력을 소진해 버린 은우는 게걸스레 빵을 집어 먹었다.

고맙다고 말하지 않는 건 모자가 판박이였다.

"가능하다면 하원 보조를 계속 부탁드려도 될까요? 비용은 지불할게요."

"아…."

내일도 이 짓을 하라고? 나도 모르게 탄식을 뱉었다가 입꼬리에 먼지가 묻은 척 털어 내는 임기응변을 발휘했다. 안타깝게도 여자는 기류를 읽었다.

"보다시피 장사가 잘 안돼서요. 가게를 1분이라도 더 열어놔야 해요."

나루터의 빵 퀄리티는 우수했다. 은우가 등원 첫날 가져온 빵을 종류별로 먹었을 때 단박에 느꼈다. 끝내 폐기되고 말 무수한 빵들에 절대 할인 스티커를 붙이지 않는 모습만 봐도 작품을 향한 여자의 자긍심이 엿보였다. 하지만 지나치게 비싼 게 패착이었다. SNS 계정이라도 만들어 홍보해 보라고 조언할까 싶었지만, 서울과 가까운 신도시라는 특징이 전부인 하나동까지 빵을 먹으러 올 소비자는 없겠지. 점입가경으로, 여자는 손님들에게 살갑지 않았으며 갈수록 불친절하게 굴었다. 결국 나루터는 파리들의 비행 코스로 전락했다.

"하필이면 맞은편에 저런 마트가 있다니. 저기도 빵을 많이 파니까 곤란하시겠어요."

"신기하지요?"

여자가 검지로 통유리 너머 위치한, 나루터와 정확히 정문을 마주하고 있는 25마트를 가리켰다. 손님 하나 없는 나루터와 달리 장바구니에 한가득 식자재를 담은 손님 무리가 연달아 마트에서 퇴장했다.

그들 중 식빵 봉지를 빙빙 돌리며 나오는 남자에게 눈길이 갔다.

"우리는 식빵 하나를 만들 때도 무가당, 친환경, 비건 재료만 사용하는데 25마트에서 파는 2,000원짜리 버터 식빵을 못 이깁니다. 저 남자는 지역 신문사에서 환경 뉴스를 담당하는 인턴 기자고요."

"어떻게 아세요?"

"얼마 전에 나루터 취재 차 방문했거든요. 하나동에 몇 없는 친환경 베이커리를 신문에 담고 싶다면서요. 기사는 멋지게 실어줬지만 정작 입에 넣을 걸 고를 때에는 자기가 쓴 글보다 통장 잔고를 우선시한 사람이죠. 일할 때는 거짓말을 해도 퇴근하면 정직해지는 겁니다."

"서운하시겠어요."

검지를 빠르게 거두는 여자의 표정에는 의외로 불만이 없었다.

"전혀요."

나루터에는 당일 생산 당일 출고 원칙이 있다. 반면 저 남자가 집어 든 버터 식빵은 GMO 밀가루로 만들었기 때문에 평범한 빵보다 유통기한이 훨씬 길었다. 심지어는 제조 공장의 주소도 상세하지 않아 어디서 어떤 공정을 거쳤는지, 위생은 잘 지켜졌는지조차 확신할 수 없었다. 꽤 아득한 제조 일자가 겉봉지에 찍혀져 있음에도 불구하고 오늘도, 내일도, 모레도 팔릴 것이다.

25마트의 질 나쁜 민낯을 생각하는 것만으로도 미간이 고장 난 스프링처럼 삐걱거렸다. 저런 가게는 사라져야 하지 않을까. 오직 저렴하다는 이유 하나만으로 제품을 계속 소비해주는 동네 사람들도 각성해야만 하지. 우리는 미래를 위해 좀 더 나은 선택지를 고를 필요가 있다. 더 나은 선택을, 더 많은 고민을 품는 것이 진정한 시민 의식이라고 생각하기에 절대 25마트 제품을 소비하지 않으리라 결심했다.

대량 생산, 기계 생산, 환경 파괴, 불공정 수출입, 비위생 제조. 그 모든 딱지를 전부 달고 있음에도 25마트의 빵은 나루터의 무가당, 친환경, 비건 빵을 가뿐히 이겼다. 이유는 단순했다. 나루터의 식빵은 9,500원이었으니까.

그럼에도 여자는 웃음을 거두지 않았다.

"나루터는 저 마트보다 무조건 더 빨리 망할 거예요."

"아니요! 번창하실 거예요! 인건비를 줄이려고 무인으로 운영하다 도난 문제를 겪는 가게들이 많대요. 25마트는 금방 망할 거예요."

"그래서 하나동을 선택했겠지요."

"하나동이 왜요?"

"가까운 곳에 서향대학교가 있고, 서향의학연구센터도 들어왔잖아요. 여긴 그냥 신도시가 아니에요. 똑똑한 사람들이 많이 사는 곳이에요."

입시 철마다 학생들의 입에 줄기차게 오르내리는 서향대학교 덕에 하나동에는 사교육 시설이 많았다. 새로 개통된 지하철을 이용하면 40분 만에 강남까지 도달도 가능했다. 당연히 교육열은 높았고 학생들의 학업 성취 수준도 국내 상위권에 속했다. 강남에 살 정도로 부유하지는 않지만 콧대는 강남쪽으로 휘어진 어른들과 그들보다 더 콧대가 휜 자제들, 예컨대 정치인의 사돈의 팔촌의 조카들이 전입신고를 줄지어 한다는 우스갯소리가 있었다.

"혼자서 입안에 저질 재료를 넣는 희생은 감수해도, 남들에게 도둑질로 비난받는 일은 절대로 감수하지 못하는 사람들이 산다는 거예요. 똑똑한 사람들은 겁이 많거든요."

"그건 그냥 도덕적이라는 뜻 아닌가요?"

"겁이 있어야 도덕을 지키죠."

여자는 공감하기 어려운 이야기를 하면서도 입꼬리를 내리지 않았다. 은우가 '유 네일드 잇'이라 말할 때 얼떨결에 웃어버리는 내 얼굴도 이 여자의 얼굴과 같지는 않을지 문득 궁금해졌다.

아마 여자는 해탈해 버렸으리라. 저 웃음은 자조고, 지금 그걸 감추기 위해 재미없는 블랙코미디를 읊고 있는 걸지도 모른다. 일찍부터 학군의 수혜를 얻기 위해서 이사를 오는 사람들이 많았기에 유치원에 중도 입학하는 아동도 심심찮게 늘어나는 추이였다. 여자가 언급하지는 않았지만 은우의 입학 또한 이러한 얼개를 가졌을 가능성이 컸다.

그런 의지로 먼 호주에서 여기까지 아들만 덜렁 데리고 왔는데, 심지어는 25마트와 견줄 수 없는 선량한 가게까지 운영하는데 이리도 장사가 되지 않는다니. 저런 말이라도 하면서 합리화할 수밖에 없겠지. 나라도 도와줘야만 했다.

"제가 이걸 하나 사 갈게요."

"호밀 식빵 좋아하세요?"

"이런 제품을 한 명이라도 더 소비하는 게 역시 좋지 않을까 생각하거든요."

매일 폐기 탑만 쌓으면 여자의 빵집은 금방 망할 게 분명했다. 그러면 은우네 가정에 불행이 하나 더 쌓이고, 은우는 더 삐딱해지고, 여자도 탄식에 빠질 것이며, 환경과 건강한 음식 문화를 지키기 위해 노력한 귀한 가게를 잃게 되리라.

그럴 수는 없었다. 나라도 지켜야 했다. 더군다나 이 빵들, 한 명이라도 더 먹어치우지 않으면 전부 음식물 쓰레기가 될 테니까.

누군가는 반드시 책임지고 소비해야만 해.

"그러세요, 그럼."

여자는 계산대로 가 내가 건넨 카드를 긁고 빵을 포장했다. 포스기 옆에는 사람 팔뚝 정도 되는 사이즈의 조각상 하나가 놓여 있었다. 포근한 빵들의 뒷배경으로 전시하기에는, 금방이라도 말라비틀어질 듯이 앙상한 팔다리. 혼이 거세된 얼굴. 건조한 구리의 색감. 나는 그 삭막한 조각상을 가만 바라보았다.

이런 걸 여기에 왜 뒀대?

"자코메티의 〈디에고*〉 레플리카예요. 둘이 친했대요."

여자는 내 속마음을 읽은 듯, 조각상의 정보를 말하더니 1,000원 할인 쿠폰을 챙겨줬다. 다음 구매부터 사용이 가능한 쿠폰이라 오늘의 식빵 가격은 차감되지 않았다. 속으로는 하

---

* 조각가 알베르토 자코메티Alberto Giacometti의 절친한 친구이자 한 살 아래의 동생 디에고 자코메티Diego Giacometti. 그는 알베르토의 작품 속 모델로 자주 등장했을 뿐 아니라, 실제 작업도 도왔다. 호남형 얼굴에 팔다리가 길었다고 한다. 초현실주의 작가였다.

원 보조까지 해줬는데 푼돈 할인쯤은 바로 적용해 주지, 하는 구차한 마음이 들었으나 좋은 교사로서의 면모가 아니라는 걸 알기에 티를 내지 않았다.

여자가 주는 황색 크라프트지 봉투를 받아 들었다.

"선생님. 아까부터 줄곧 느꼈는데 눈은 웃지를 않으시네요."

"네?"

"저는 입으로만 웃는 사람들이 불쌍해요."

여자가 고갯짓으로 봉투를 가리켰다. 할인 쿠폰을 꺼내서 보니 뒷면에 연락처가 적혀 있었다. 여자의 것은 아니었다.

"멜버른에 있을 때 심리 치료 쪽에서 일했거든요. 제 이름 말하면 그쪽에서 알 거예요. 필요하면 연락해 보세요."

"어머님이 운영하시는 상담 센터인가요?"

"아니요."

"그러면요?"

"필요하면 물어봐요. 필요해지면."

대뜸 치료를 권하는 모양새가 몹시 불쾌했으나 나는 습관적으로 허리를 숙여 감사를 표현했다. 고맙다 하면서도 도통 뭐가 고마운지 스스로도 납득하지 않았지만 이 불편을 감내하는 일이야말로 인생의 관성으로 자리 잡았다. 그러고 보니 끝내 원장이 부탁한 말은 전하지 못했다.

낮에 있었던 일을 말해봤자 이 사람은 은우의 가족인데 우리 입장을 알아줄 리도 없고 서로 불편해지기만 하겠지. 그래, 모른 척하자. 별일 없겠지. 없을 거야.

걱정스러운 얼굴로 유리문을 열고 나가는 나를 보더니 은우는 빵을 얼른 삼켰다. 그러고는 작별 인사 대신 검지를 좌우로 흔들며 혀를 찼다.

모욕이었다.

2

은주에게 선물을 줄 때는 오다가 주웠다는 식으로 말하면 탈락이다. 감점 정도가 아니라, 애초에 1점도 따내지 못하는 탈락.

“이 호밀 식빵은 친환경 재료로만 만들었대. 나루터라는 곳에서 산 건데 심사숙고해서 골랐어. 진짜 좋은 걸로만 만든 빵이야. 에코 비건 빵집이랬어.”

“나 주려고 사 온 거야?”

은주는 양치질을 하지 않고 자도 된다는 허락을 받은 아이처럼 기뻐했다.

“이걸로 꼭 아침 챙겨 먹어.”

"고마워, 영아뿐이야."

"늘 내가 더 고맙지."

고맙다는 말만큼 무고한 거짓이 또 있을까.

성인이 되기 전에 엄마를 여읜 나는 아빠의 품을 떠나 타지에서 대학 생활을 했다. 외로운 나를 살뜰하게 챙겨준 건 은주와 수원뿐이었다. 늘 나를 걱정하는 친구와 늘 나를 사랑하는 연인이 없었다면 나는 지금보다 훨씬 더 불행하게 살았을 가능성이 높았다. 은주를 고맙게 여겨 받은 만큼 그녀의 삶도 챙기는 건 마땅한 보은이었다. 하지만 요즘의 나는 그녀에게 진정으로 고마움을 느낀 적이 별로 없었다.

저녁 식사 메뉴는 은주가 골랐다. 그녀는 먹지 않는 식재료의 폭이 넓어 괜히 내가 골랐다가는 시간만 낭비하는 일이 되니 선택권을 전부 넘기는 것이 여러모로 좋았다. 번거롭게 맛집을 검색할 필요가 없는 점은 내게도 편했다.

"이 집 알리오 올리오가 참 맛있더라, 그렇지?"

"맞아."

소고기를 큐브 모양으로 구워 토핑한 투움바 파스타가 먹고 싶다거나.

"알리오 올리오에는 역시 진저 하이볼이지. 두 잔 주문할게."

크림 생맥주가 당긴다거나 하는 식의 견해는 곁들일 필요가 없었다. 왜냐하면.

"나 오늘은 크림 생맥주 마시고 싶어."

"알리오 올리오랑 같이 먹으면 별로일걸? 식감 조화도 나쁘고 향 궁합도 나빠서 그렇게 먹고 후회하는 사람 후기 본 적 있어. 진저 하이볼로 해."

무지한 읍소를 꺼내봤자 내가 얻을 수 있는 건, 얼마나 빨리 거절당할지에 대한 기록 경신뿐이었다.

어떤 침묵은 어떤 발언보다 더 효율적인 법.

넓적한 타원형의 백색 접시 위에 파스타 둔덕이 쌓여 나왔다. 올리브유로 꼼꼼하게 코팅된 면발이 유독 반짝거렸다. 포크로 누군가의 머리채를 잡듯이 면의 산봉우리를 감아올렸다. 둘둘 말려 따라오는 면발은 탄력이 높은 것 순으로 입안에서 으깨졌다. 탄력 없이 초라히 미끄덩거리는 녀석들은 접시 위에 그나마 오래 살아남았다.

한입에 뭉쳐 씹으니 면들은 기름과 침이 섞인 음식 잔해로 녹아 해체됐다. 밀가루와 올리브유의 맛. 초산에 절인 피클을 씹으면 얼마 못 가 휘발되고 마는 풍미였다.

은주가 좋아하는 맛은 이런 맛이었다.

"영아야, 너 요즘도 그 웹툰 봐?"

"목요일마다 내가 보던 거? 왜?"

"아니 그냥. 아무리 봐도 아닌 것 같아서. 사람들도 다 그렇게 말하고. 혹시 또 봤어?"

몇 달 전부터 심심풀이로 보는 웹툰이 있는데, 그게 은주의 성미를 긁었다. 은주는 커뮤니티에서 웹툰 작가가 11년 전에 다른 작가의 작품을 표절한 이력이 있다는 게시글을 공유해 줬다. 활동한 지 11년이나 된 작가구나, 보기보다 연차가 있네, 정도로만 생각한 나와 달리 은주는 작가가 저지른 표절이 얼마나 악한지를 설명하는 일에 열을 올렸다. 씹힌 피클 조각이 튀어나와 파스타 안으로 숨어도 모를 만큼.

작가가 학부생 시절 동기의 작품 중 몇 장면을 트레이싱*해서 과제를 제출했다는 정황이었다. 해당 사건은 이미 11년 전에 공론화가 됐고, 작가는 당사자에게 공식적으로 사과했다. 해당 과제의 성적은 0점 처리되었으며, 이에 당사자도 작가의 사과를 받아주었고 관계도 회복됐다. 법적 공방까지 이어지지는 않았던 케이스고, 피해자가 이른바 '용서'한 사건이었다. 따지고 보면 일단락된 일이라는 셈이다. 그러나 은주는 주장했다. 창작자의 권리를 침해하는 행위는 예술의 창의성을 호도하는 일이니 작가는 영구적으로 비판받아 마땅하다고. 11년 전의

---

* Tracing. 원본 그림 위에 새 종이를 대고 선을 따 베끼는 작업.

죄를 광장에 효시하여 죽을 때까지 대대손손 온 사람들이 보게 만들어 붓을 다시 들지 못하게끔 해야 하는데 감히 그림을 포기하지 않고 돈까지 버니 얼마나 괘씸한가? 이렇듯 은주의 주장에는 명백한 근거가 존재했고, 그래서 거침이 없었다.

'하지만 재미있는데….'

그리고 이건 그 웹툰을 내가 지난주 목요일에도 챙겨 본 치졸한 이유였다.

은주가 알려준 정보를 모두 확인했고, 표절 이력이라는 불변한 결론까지 인지했음에도 나는 그 웹툰을 봤다. 재미있으니까. 소재는 독특하고 전개는 흔한, 결국 평이한 작품이었지만 보고 있으면 시간이 잘 갔다. 그 이상의 이유는 없었으나 그 이유 또한 내게는 절대적이었다. 은주가 알려준 정보는 내게 스트레스만 주었으나, 그 작가가 그린 웹툰은 나를 스트레스로부터 탈피시켰다.

그 웹툰을 소비하지 않기 위해 사력을 다해 피하려는 노력을 한 것도 아니었다. 그냥 봤다.

나의 '그냥'은 이뿐만이 아니었다. 은주가 한창 일본 제품을 불매하고 옷장에 진열된 유니클로와 무지 의류를 사정없이 버릴 때, 나는 편의점에서 네 캔에 만 원인 일본 맥주를 사 마셨다. 심지어는 넷플릭스로 일본 애니메이션을 보고 내용에 감동받아 울어버리기까지 했다. 은주의 신념에 반기를 들기 위함은 아니었다. 결단코 그것은 아니었다고 믿고 싶다. 나는 은주의 행동이 틀렸다고 생각한 적이 없다. 내 생각과 감히 '다름'을 주장하고 싶은 것도 아니다. 언제나 은주의 행동은 '옳음 카테고리'에 있다. 은주의 행동에는 100퍼센트의 확률로 당위가 있었으니까. 그러나 내게는 그런 것이 하나도 없었다. 단지 '재미있어서 봤다니까요?' 따위의 항변 말고는.

그녀와 나 사이에 휘어지지 않는 올곧은 직선을 하나 긋는다면, 그 직선의 종착지는 반드시 은주가 되어야만 했다. 그러니까 사고의 기준은 내가 아닌 은주가 되어야 한다는 말이다. 나는 그걸 잘 알고 있었다.

내가 이성이 제대로 박힌 인간이라면, 은주의 말을 따르려는 노력 정도는 해야 했다. 이 세상에 나와 은주 두 사람만 살아 있고 심판이 진행된다고 가정해 보자. 신은 주저 없이 내 정수리 위에다 벼락을 떨어트릴 것이다. 나쁜 인간 쪽은 역시 나일 테니까.

스스로를 파렴치한 인간이라 정의하면서도, 심지어 은주를 본받아야 한다고 믿어 의심치 않는데도, 나는 한심한 행동을 거리낌 없이 저질렀다.

이해가 되지 않았다. 모든 게 남의 것처럼 다.

"영아야."

은주는 행동 제약이 걸린 게임 캐릭터처럼 포크로 파스타를 말다 멈췄다. 그녀는 나에 의해 행동이 멈추는 순간을 좋아했다.

"그런 걸 덜 봤으면 좋겠어. 보지 말라는 뜻이 아니야. 덜 보라는 것이지. 노력을 원하는 거야, 나는."

"맞는 말이야."

"입장을 바꿔봐. 네가 11년 전에 피해를 입은 창작자라면 얼마나 억울하겠어?"

"정말 억울했을 것 같아."

"왜 알면서도 그래?"

"미안해."

내 사과를 듣자 은주가 웃어주었다. 그녀의 오렌지색 립글로스가 한층 채도 높게 반짝거렸다. 나는 저 오렌지빛 위에 피어난 기쁨을 볼 때만 그녀의 순수한 행복을 확인했다.

삶아지기 직전 소금 위에서 마지막으로 튀어 오르는 새우를 바라보는 것 같은 표정. 얕은 안쓰러움 속에는 영악한 흥미가 숨어 있었다. 그녀의 얼굴을 잘 살피면 안도감도 보였다. 이것이 내가 굳이 과오를 숨기지 않고 무시받길 자처하는 이유였다.

은주는 반성하는 나의 얼굴을 예뻐했다. 저질러 버린 잘못에 변명할 여지조차 구하지 못하여 굴종하는 일. 미안하다며 고개 숙여 사과하는 일. 이것은 외로운 나를 챙겨준 친구인 은주에게 해 마땅한 보은이었다. 고개를 숙이고 부끄러워하며 뺨을 달구면 그녀가 적선하듯이 손등에 입을 맞춰줄지도 모른다. 용맹한 기사가 험한 세상으로부터 아이를 구하듯. 진리를 깨달은 학자가 부랑자에게 은혜를 베풀듯.

은주는 포토 라인 앞에서 살인을 후회한다면서 눈물을 흘리는 범죄자보다, 본인 앞에서 어리석었다고 반성하는 내 목소리에 더 집중할 것이다. 온갖 태풍 같은 사건 속에 살고 있으면서도 언제나 나의 시시한 과오에 더 집중했다. 그녀를 위해 어떤 청원에 서명하고, 이로운 소비를 하고, 옳고 그름을 따지는 의식을 가져도, 단 5분, 목요일 그 웹툰을 보면 나는 단숨에 악인이 됐다.

은주에게 나는 다면체로 정의되지 않았다. 입체가 되지 못하는 면, 그보다도 단순한 선분. 입체의 그녀는 지금 일차원인 나와 함께 파스타를 먹고 있다. 그녀는 평평한 나를 보아야만 만족할 수 있다. 은주를 행복하게 만들기 위해서 평면의 존재는 평면답게 묻지도 따지지도 말고 더 자주 사과하며 살아야 했다.

그래서 난 계속 잘못을 저지르고 있는 걸지도 몰라. 한 번이라도 더 사과를 함으로써 널 행복하게 해주려고.

휴대폰 위로 엄지를 굴렸다. 북마크를 치열히 살폈다. 이 중에 하나는 있을 거다. 대화 주제를 바꿀 만한 무언가가.

"이거 봤어?"

겨우 찾은 것은 최근 유행하는 틱톡 영상이었다. 아무 의미 없는 음악과 춤의 조합이라 생각 없이 시간을 죽이기에 좋았다. 나는 수원을 만나지 않는 날에는 그런 영상을 보며 하루를 다 보냈다. 지난 주말에도 그랬다.

은주가 질긴 껌을 씹듯이 입질하며 나를 노려보았다.

"이 타이밍에 넌 눈치도 참…."

"미안…."

진저 하이볼을 입에 머금었다. 취기가 올랐다. 목이 타서 마시는 것이 아니라 진실로 하이볼의 맛을 즐기고 있는 척을 하기 위해 중간중간 미소도 잊지 않았다.

"영아야, 이 영화 감독 인터뷰는 봤어? 자기는 감독이 아니고 한 명의 예술가래. 왓챠 평점도 안 보고 사나? 이 사람은 자아가 너무 비대해."

세상을 스펙트럼화한다면 간단히 세 영역으로 나뉠 것이다. 좋아하는 것, 싫어하는 것, 그리고 그 사이의 흐릿한 어떤 것.

양극단 사이, 나의 세계에는 두 영역 사이를 이어주는 다리 같은 흐릿한 요소들이 선명한 것들보다 더 많았다. 반면에 은주는 세상을 보다 명쾌한 시야로 인식하기에 오직 좋아하는 것과 싫어하는 것만 존재하기를 바랐다. 그녀는 좋아할 수도 있고 싫어할 수도 있는, 혹은 좋아하지도 싫어하지도 않는 어떠한 분류가 자기 세상에 머물 권리를 박탈시켰다.

아무리 봐도 입방체로 존재하는 타인이 스스로가 다면체 생물임을 표현하는 일에 주저함이 없을 때. 그들이 가지는 생각이 은주의 가치관과 일치하지 않을 때. 그럴 때 은주는 특히 학을 뗐다. 이유는 간단할지도. 낯선 입방체를 자기 스펙트럼 안에 끼워 넣으면 견디지 못하니까. 검은 선과 흰 선만 있다고 믿는 이들은 빨간색 큐브를 두려워할 수밖에 없다. 충돌했다가는 이 세상이 휘황찬란한 팔레트가 되어버리는 비극을 맞이할 테니.

어쩌면, 은주는 자신이 감당하지 못할 자아를 전시하는 사람을 싫어하는 게 아니라 두려워하는 걸지도 모른다. 그리고 은주는 자신이 무언가를 두려워한다는 말을 가장 듣기 싫어할 것이다.

"은주야. 네가 너무… 단편적으로만 생각하는 건 아닐까?"

"내가?"

"아니, 그냥…."

"단편적이고 말고 할 게 어디 있어? 그 감독이 직접 뱉은 말로만 생각하는 건데. 내가 일일이 모든 걸 고려할 필요는 없잖아?"

"미안. 별 뜻 없이 한 말이었어."

"너는 가끔 내 속을 긁어."

"진짜로 미안. 대신 내가 감자 뇨끼 살게."

솔직히 말하자면, 은주가 옳다. 언제나. 은주는 좋은 대학을 나왔고 지금도 대학원을 다니고 있다. 책을 많이 읽었고 신문도 구독했다. 그녀의 말 중에 틀린 건 아무것도 없었다. 11년 전에 한 번이라도 표절한 창작자의 과오는 용서와 무관히 평생 전시해야 하며, 정치적 행위에 동참하는 것이 시민의 의무이며, 누구도 스스로를 타인과 공유하는 이 세상의 중심에 놓아서는 안 되고 심지어 그것을 드러내서도 안 된다. 그 모든 사건과 사고와 현상의 이면에 어떠한 사정이 있는지 누가 일일이 고려한단 말인가?

똑똑한 사람이 지시하면 세상은 다양한 면을 삭제해야 마땅했다. 그러니 나 역시도 그녀 앞에 서면 능숙히 몸을 움츠렸다. 일차원의 존재가 되는 일은 나의 안전이 아니라 그녀의 안전을 도모하는 일이었다. 이것이 내가 다면체가 되기를 거부하며 평면적으로 잘못하고 사과하기를 반복하는 이유였다.

추가 주문한 감자 뇨끼가 나왔다. 하얀 김이 몸을 흔드는 게 먹음직스러워 보였다.

"왜 그런 사람들이 잘 먹고 잘사는지 아직도 의문이야. 내가 보기에 아직 우리 사회에는 제대로 된…."

감자 뇨끼에서 고소한 트러플 향이 났다. 은주가 문장과 문장 사이에 잠시 쉴 시간을 허락한다면 물컹한 뇨끼 옆구리에 포크를 꽂아 넣어야지.

"지난번에 내가 보여준 그 기사도 마찬가지야. 반응들이 하나같이…."

이야기가 길어질 것 같았다. 은주가 하는 말은 대체로 다 옳았지만, 큰아버지 훈화처럼 했던 말이 반복되곤 했다. 이럴 때는 지루한 티를 내지 않기 위해 적절한 상상을 하는 것이 좋았다.

"난 정말 기성세대들이 이해가 안 되고…."

오늘은 이행시를 해보자. 부천으로 이행시. **부**, 부천만큼 살기 좋은, **천**, 천안. 그다음에는 천안으로도 이행시. **천**, 천안만큼 살기 좋은, **안**, 안산.

"빨리 돈을 모아서 이 나라를 떠야…."

안산으로 이행시. **안**, 안산만큼 살기 좋은, **산**, 산곡. 산곡으로 이행시. **산**, 산곡만큼 살기 좋은, **곡**, 곡성.

"영아야. 내 말 듣고 있어?"

"응."

"넌 어떻게 생각해?"

글쎄, 아무래도 나열된 도시 중에는 천안이 제일 살기에 좋지 않겠나 싶었다. 잘 아는 건 아니고, 충청도에서 한번 살아보고 싶다는 생각을 줄곧 했었다. 지역 말투가 재미있어서. 근데 은주가 나한테 물어본 게 뭐였지? 물론 그게 뭔지는 중요하지 않았다. 대답만 잘하면 되니까.

"네 생각에 동의해."

"다행이야."

은주가 맑게 웃었다. 입꼬리 끝이 갈고리처럼 매끈하게 치솟는 모습이 귀여웠다. 수년을 봐왔지만, 은주는 입매가 매력적인 아이였다. 하지만 그녀의 생각에 동의하지 않으면 웃어주질 않으니, 세상은 그녀의 매력을 모르는 채로 십수 년의 시간을 태워버렸다. 그리고 앞으로도 십수 년을 태울 거다.

"그런데 수원 선배 말이야. 요즘 뭐 준비한다던데 혹시 들었어?"

"오빠? 아니. 왜?"

일순간 우리 둘의 미소가 동시에 망그러졌다.

"조심해. 난 그 선배 아무래도 영 별로야. 호주에서 양아치처럼 살았다는 소문은 너도 알잖아."

"언제 적 이야기를…."

수원에게는 내막을 알 수 없는 거무끄름한 소문이 하나 있었다. 호주에서 나쁜 짓을 했다는. 은주는 수원과 같은 대학을 졸업했는데, 교내 영어 회화 동아리원으로 짧게 교류한 적이 있었다. 그러니 5년 전, 수원이 1년간의 호주 워킹 홀리데이를 끝내고 복학한 시점의 한창 젊고 건강하던 남자는 내 기억뿐 아니라 은주의 기억 속에도 살아 있었다.

하지만 수원과 5년 동안 교제하고 있는 당사자는 나였다. 적어도 수원에 대한 판단만큼은 은주가 아닌 내게 주어지는 게 맞았다. 내가 어리석고 멍청한 사람이라 할지라도 발언권이 먼저 주어지는 것은 연인 관계를 맺은 자가 누려야 하는 권리이자 룰이었다.

은주는 그 룰을 자주 깼다.

"연애만 해. 연애만. 영아야, 우리 약속 알지?"

그 순간 참지 못하고 어금니를 세게 악물다가 그만 혀를 씹어버렸다. 눈물이 핑 돌았다. 볼을 부여잡고 아파하는 나를 보며 은주가 잔에 생수를 채워줬다.

우스꽝스러운 모습이 된 나는 겸연쩍게 고개를 끄덕이며

걱정하지 말라 답했다. 은주가 감자 뇨끼 한 덩이를 포크로 찍었다.

"조금만 생각하면 더 잘 살 수 있어."

모기에게 물린 듯이 부푼 혀의 옆면을 잇몸 안쪽에 문질렀다. 아팠다. 피가 조금 나는지 쇠 맛이 났다. 얼얼하고 화끈한 구슬이 다시는 섣불리 입을 놀리지 말라 경고하며 입안에서 굴러다녔다. 대화를 멈추고 은주의 회초리 같은 사랑을 되새김질했다.

조금만 더. 나는 고개를 재차 끄덕였다.

조금만 더. 근데 얼마나 더?

*

집 근처 마트에서 생수 한 병을 고른 뒤 참치 캔 코너를 둘러봤다. 참치는 친환경에 무항생제, 무가당으로 구매할 수 없는 걸까. 그런 생각을 하면서 1,800원짜리 최저가 제품으로 향하던 손을 급히 5,500원짜리로 옮겼다. '공정 무역'이라는 단어 때문이었다.

생선 비린내를 싫어하는 나는 학식과 작별한 후에는 한 번도 참치를 사 먹은 적이 없었다. 오늘의 구매는 의미가 컸다.

빌라 주차 구역에는 어김없이 물그릇과 빈 밥그릇이 놓여 있었다. 필로티 안으로 진입하기 전에 운전석에서 내렸다. 두 그릇들을 옆으로 치운 다음 다시 차에 탑승하여 주차를 마쳤다. 벌써 며칠째인지 모르겠다. 차가 무탈하게 빠져나갈 수 있게끔 그릇을 놓는 위치를 배려해 주면 좋겠지만 동물을 사랑하는 누군가의 좋은 마음에 내 욕심까지 얹는 건 역시 좋지 않은 선택이겠지.

나 또한 참치 캔을 따 그릇 안에 붓고 물그릇에 생수를 채웠다. 먼발치에서 온몸이 검은 털로 빚어진 사랑스러운 녀석이 등장했으나 가까이 오지는 않았다. 인간에게 먼저 다가오기에 망설임이 많은 생물이라는 걸 알기에 손을 뻗은 채로 기다리기만 하는 게 나의 역할이었다. 안타깝게도 녀석의 마음에 오늘도 나의 의지는 닿지 못했다.

그때였다.

"이 여자가 또?"

302호 중년 이웃이 슬리퍼를 신고는 재빨리 내 쪽으로 달려왔다. 잠옷 소매를 걷어 붙이면서 오는 폼이 무서워 나도 모르게 몸을 구겼다.

"왜 자꾸 그릇을 구석으로 치워요!"

"주차 때문에요. 조금만 옆에다 놔두시면 차를 빼고 넣을 때 서로 안전하게…."

"자리가 이렇게 널찍한데 왜 자꾸 내가 놔둔 그릇을 치우냐고!"

"눈으로 보기에는 넓어 보여도 주차할 때는 차가 움직일 공간이…."

"그리고 이건 또 뭐고."

여자는 내가 채운 밥그릇을 옆 화단에다 몽땅 엎어버리곤 신경질적으로 바닥에 던졌다. 밥그릇의 참치 기름이 종아리까지 튀었다. 살갗을 타고 흐르는 기름은 차갑고, 질척였다.

"애들 죽이려고 작정했나 봐? 염분이랑 기름 범벅인 거 먹여서 배탈이라도 나라고?"

"저는 그냥 아주머니처럼 밥을 챙겨주…."

"맨날 물그릇 옮겨, 밥그릇도 옮겨, 잘 알지도 못하면서 사람 먹는 거나 채우고. 며칠 전에 여기 앞에서 두 마리 죽은 거 못 봤어요? 당신 같은 매정한 사람들 때문에 사는 게 각박해 정말."

아무런 말도 떠오르지 않았다.

"어쩜 젊은 사람들은 배려를 눈곱만큼도 모르는지."

두 손을 모으고 고개를 조아렸다. 죄송합니다, 죄송합니다. 겸손한 내 정수리를 보고 나서야 여자는 분이 풀렸는지 삿대

질을 멈추고 302호로 올라갔다. 부랴부랴 차량에서 물티슈를 꺼내 바닥에 엎질러진 참치를 쓸어 모았다.

삶은 이런 식으로 노력을 자주 비껴갔다. 단일 선택지가 선량했음에도 불구하고 그것들이 병렬적으로 쌓이면 악행으로 치닫기 쉬웠다. 이웃에게 조금이라도 밉보이지 않으려 손수 그릇을 치웠고, 길고양이까지 챙기려 했고, 이를 위해 가급적 흠결이 없는 제품을 구매했던 나의 연쇄적인 노력들은 염분을 제거하지 않은 참치 하나로 나쁜 짓이 됐다. 윽박지르던 중년의 눈 속에 나라는 존재는 패악질을 저지르는 빌런일 뿐이었다. 그녀의 옷자락을 부여잡고 내가 고른 선택지들을 모두 설명할 수 없었다. 우리의 세계에서 부연 설명은 반칙으로 통했으니까.

선하고자 하는 도덕적 욕망을 추구하는 일은, 가끔 패배가 정해진 게임에 참여하는 일처럼 불합리했다.

노력이 모욕으로 종결될 때마다 은주를 떠올렸다. 은주의 세상에는 환경보호가 중요했다. 스무살 생일 선물로 스타벅스 텀블러를 선물했을 때 그녀는 내가 세계 환경오염에 일조하는 미국 자본에 공헌했다는 점을 지적했다. 그날 나는 사과했다. 그 후 5년이 지나, 실수로 그녀에게 또 텀블러를 선물했을 때, 그녀는 한 개를 초과하는 텀블러는 무조건 쓰레기로 치부해야만 한다고 분개했다. 일회용품 사용을 줄이고자 하는 게 텀블러인데 복수로 구매하면 그 의미가 퇴색된다는 이유였다.

'영아야, 너 나한테 일부러 이러는 거야?'

은주는 사소한 것들을 모조리 지켜내지 않으면 그 어떤 신념도 무결해질 수 없다고 했다. 나는 그녀의 말을 반박하지 못했다. 그 말은 완전했고, 그야말로 무결했으니까. 내게 거침없이 손가락을 뻗는 세계를 향해 고개를 조아리는 건 나의 응당한 업보였다.

25마트도 같은 맥락이었다. 돈은 없지만 다양한 식자재를 구입하고 싶다는 사람들의 소박한 욕망은 비난으로부터 자유롭지 못했다. 바닥에 눌어붙은 통장 잔고를 위해 그들이 열심히 지켜온 갖가지 선택지들이 병렬로 연결되고, '25마트 상품'이라는 저질 제품으로 수렴하는 순간 최종적으로는 '무책임한 선택'만 남는다.

손안의 물티슈를 구기며 나는 오늘도 내 등 뒤에 검은 망토가 펄럭이는 환상을 보았다. 그러니 나는 점점 더 미치고, 웃음을 잃을 수밖에.

손끝에서 참치 비린내가 났다.

*

먹고 마시는 일이 아니면 무엇도 기쁘지 않았다. 이전보다 훨씬 더 열심히 살고 있는데도 마음의 수분이 바싹 말라버렸다. 내 삶에는 수확의 계절이 오지 않는 걸까.

과거에 배를 찢을 듯이 웃겨주었던 유머 영상을 봐도 감흥이 없었다. 언제부턴가 나는 내가 아닌 다른 사람으로 바뀌는 것 같았고, 이건 변화보다 퇴화에 가까운 감각이었다.

그래서 더 열심히 살아내려 애를 썼다. 자꾸만 신경을 긁는 것들을 외면하지 않고자, 사람들이 쥐어준 것을 꽉 쥐고서는, 감정의 바닥에서 지진을 일으키려는 나비들을 밟아 죽였다. 이렇게 하면 처음부터 없던 것들이 될지도 모른다고 생각했다. 다만 은우가 나를 향해 기이한 얼굴로 칭찬하는 순간이 오면 날개가 으스러진 그 나비들이 믿을 수 없는 힘으로 알을 까고야 말았다. 웃음. 나는 요즘 들어 이상한 것에 웃었지.

수원과 마주하면서도 은우와 은주를 생각했다.

"전골 좋아하잖아. 왜 많이 못 먹어?"

"마늘향이 강해서."

"아빠가 걱정하실까 봐 그러지? 말 안 하면 돼."

"내가 미안해져."

엄마의 사인은 위암이었다. 그래서 아빠는 음식에 유독 민감히 굴었다. 어렸을 때부터 엄마를 닮아 위가 좋지 않았던 나는 아빠와 함께 살 때는 마늘을 먹지 못하다시피 했다. 하지만 살아생전 마늘을 좋아했던 엄마처럼, 나도 마늘의 향을 싫어하지 않았다.

오히려 좋아하는 것 쪽에 가까웠다.

수원이 전골 한 국자를 그릇에 담아주었다. 그릇 안에 건더기가 남았던 탓에 국물이 넘쳐버렸고, 나는 신경질을 간신히 참으며 물수건으로 테이블을 닦았다.

"영아야, 요즘 많이 힘들지?"

"괜찮아."

"안 괜찮아 보여."

"생리 중이라고 말했잖아."

"그럼 더 잘 먹어야지."

어쩌면 나는 스스로에게도 거짓말을 했을지 모른다. 먹고 마시는 일조차 기쁘지 않았다. 하지만 그 행위만큼은 기쁘다고 믿으며 수원과 마주하는 순간마다 나를 속여왔다.

생리 주기만 되면 기름이 둥둥 뜬 곱창전골을 찾았다. 수원을 만나는 5년 동안 늘 그랬다. 그는 한 달에 한 번씩, 더운 여름에도 애인을 위해 펄펄 끓는 전골을 함께 먹어주는 친절한 남자였다.

"내가 알아서 먹을게."

"알겠어."

"걱정해 줘서 고마워."

사실 안 고마웠다.

마주 보고 밥을 먹을 때면 우리는 자주 웃었다. 재미있는 이야기를 나눠서는 아니었다. 우리는 연인이고, 연인이라면 서로를 사랑해야 하고, 그 사랑에는 절대적인 호감이 있어야 하니까. 그걸 증명하기 위해 웃었다. 같은 결의 미소를 교환하는 건 상호 간의 마음이 일치한다는 신호였고 그 교환 덕에 우리는 안정감을 얻었다.

하지만 웃음이 사라진 시점부터 수원과 나의 얼굴을 채우는 감정의 결이 어긋나 버렸다. 우리의 차원도 서로 다른 파동을 이룰 수밖에 없었다.

"영아야, 오늘 기대해도 좋아."

"뭘?"

"숙소 말이야. 힘들게 예약한 곳이야."

"그냥 집에서 보내도 괜찮은데. 곧 어머니 생신인데 돈 아끼지 그랬어."

"나에게는 다 계획이 있어."

수원은 서프라이즈로 준비했다는 숙소를 상상하며 혼자서 킥킥거렸다. 그의 입가에 전골 국물이 한 방울 튀었는데 방글방글한 웃음보다 더러운 얼룩만 보여 절로 인상을 찌푸려 버렸다. 나를 본 수원의 얼굴이 빠르게 이지러지기에 서둘러 입꼬리를 가로로 찢어 억지웃음을 지었다.

식사는 수원이 결제했다. 그럴 줄 알았던 나는 일부러 음료를 주문하지 않았다. 사회복지사인 수원은 어머니의 몸이 편찮아 매일 일찍 퇴근하는 관계로 야근이나 특근 수당을 받지 못했다. 명절이 멀었으니 상여 또한 아득히 먼 열매라 그가 밥을 사는 날이면 기뻐하기보다는 욕심을 억누르는 지혜를 발휘해야만 했다.

수원은 좋은 사람이다. 배려받아 마땅한 인간이라는 뜻이다.

우리는 종로에서 유명하다는 수제 도넛집에서 오렌지 도넛 세트를 구입했다. 애인이 생리 기간에 야식으로 단것을 즐겨 먹는다는 걸 아는 남자의 성의였다. 빨간 리본이 붙은 상자를 건네받으며 나는 다시금 입꼬리를 길게 찢어 보였다.

"오빠는 유독 오렌지를 좋아하더라."

"상큼하잖아."

"그게 다야?"

"달기만 하면 재미없고, 상큼함이 있어야 단맛이 더 달게 느껴져."

"처음 들었네."

"호주 농장에서 일했던 기억도 나. 나는 그때가 참 좋았거든."

"그때로 돌아가고 싶어?"

"네가 여기에 있는데 내가 어디를 가."

나는 좋은 사람이다. 나 또한 배려받아 마땅한 인간이라는 뜻이다.

*

그가 예약한 곳은 종로에 오픈한 호텔로, 개업 프로모션을 적용해도 일박에 30만 원 선이었다. 수원이 오늘 지출한 식비와 입은 새 옷값, 자동차 기름값까지 생각하니 눈이 질끈 감겼다. 그는 하룻밤의 데이트를 위해 이 정도의 돈을 호기롭게 쓸 만큼 여유롭지 않았다. 갑자기 이런 지출을 한 데에는 반드시 이유가 있을 터였다.

불안함이 밀려왔다.

"로비에서 사진 찍어줄까?"

"괜찮아."

"여기 예쁘지 않아? 벌써 연예인도 다녀갔대."

"그래도 사진은 안 찍을래."

심드렁한 답에 실망했을까 싶어 얼른 그의 표정을 확인했다. 그는 체크인을 하는 내내 기분이 좋아 보였다. 오늘 정말 작정을 했는지 나의 덤덤함에도 굴하지 않았다.

주말 저녁인데도 엘리베이터에 탑승한 투숙객은 우리뿐이었다.

"영아야, 우리가 처음 만난 순간 기억나?"

"기억하지. 연남동 카페 아니었나?"

"맞아. 지금은 폐업했지만 나는 그 근처에 갈 때마다 늘 너를 생각해."

"나도 그래."

거짓말이었다.

"우린 운명일지도 몰라."

5년 전의 나라면, 하다못해 작년 정도의 나라면 눈을 반짝이며 정말로 그렇다고 호응했을 것이다. 오늘의 나는 옅은 미소로 고개만 끄덕였다. 이 모습이 충분한 동의로 해석되길 바라며 속 안에 부동의를 가두었다.

상기할 필요가 있었다. 수원이 좋은 사람이라는 점을.

꼭대기 층인 2512호는 옆 객실보다 다섯 평 정도가 넓었다. 숙박료에 추가로 5만 원 정도는 더 붙었겠구나 싶었다. 달아나고 싶은 충동이 들어 뒷걸음질을 치려다가 멈췄다.

차에 가방을 놓고 왔다고 할까. 그럴 수 없었다. 가방은 내 오른쪽 어깨에 걸려 있으니. 컨디션이 좋지 않다고 할까. 역시 그럴 수 없었다. 수원은 호텔에서 푹 쉬자고 말할 것이다. 동침을 해도 그는 내가 원한다면 얼마든지 나를 내버려 두는 사람이었고 나도 그 점을 모르지 않았다. 그러면 갑자기 친구가 아프다고 할까. 아빠라도 팔아볼까. 어떻게 하면 달아날 수 있을까.

도저히 눈앞의 문을 열고 싶지가 않았다.

"짜자잔."

수원이 내 뒤에서 팔을 뻗어 도어 록에 카드 키를 갖다 댄 다음 문고리를 돌렸다.

바닥에 빨간 풍선이 잔뜩 깔려 있고, 알파벳 갈런드가 벽에 치렁치렁하게 붙어 있었다. 하얀 침구 위에는 유리병에 담긴 생화 장미가, 테이블 위에는 와인과 케이크가 세팅되었다. 최악의 풍경이었다.

수원이 나의 등을 살짝 밀어 서둘러 들어가게끔 만들었고 나는 뻣뻣한 허벅지를 겨우 끌어 올려 한 걸음씩 앞으로 향했다.

"영아야. 우리가 만난 지도 벌써 5년이야."

파노라마 창 너머로 종로의 빌딩 숲이 보였다. 나무도, 한강도, 무엇도 없는 그저 그런 풍경이지만 이 호텔의 꼭대기라는 점에서, 적어도 이 호텔 투숙객 중에서는 내가 가장 훌륭한 풍경을 보고 있는 셈이었다.

기뻐해야 마땅함에도 기쁘지가 않았다. 눈앞에 산 하나 없는 이유는 내가 속 안에 태산을 모두 가두어서 그럴 테지.

"나랑 결혼해 줘."

수원이 내 앞에서 한쪽 무릎을 꿇더니 다이아인지 먼지인지 눈곱만한 돌이 박힌 반지를 내밀었다. 종로에서 만나자고 한 것에는 정말로 다 계획이 있었구나.

이수원. 나보다 네 살 많은 이 남자는 내가 사귀어 본 그 어떤 남자보다도 착했다. 데이트 코스 하나를 짤 때도 나를 우선으로 생각했고, 기념일은 하루도 허투루 보내질 않았다. 이 남자는 나를 사랑했다. 그래서 나도 이 남자를 사랑했다.

분명 얼마 전까지는 그랬다.

어쩌면 나의 거짓말은 이 남자로부터 시작됐을지도 모른다. '**장기 커플은 결혼 후에도 잘 산대, 어디서 봤어, 인터넷에서, 영아랑 나는 오랜 친구처럼 잘 맞아.**' 그와 대화할 때마다 목구멍 밖으로 튀어나오려는 반박들을 매번 쥐어박고 잘 접힌 종이비행기만 내보냈다. 반드시 추락하고 말 가짜 새들을.

그는 늘 옆통수의 두피가 훤히 보일 만큼 짧은 투 블록 머리만 고수했고, 나는 살면서 한 번쯤은 장발을 한 남자를 만나보고 싶었다. 일자 면바지보다는 와이드 슬랙스가 어울리는 남자를 원했고, 체크무늬 셔츠보다는 옥스퍼드 셔츠가 잘 어울리는 사람의 속살을 끌어안고 싶었다. 그러나 수원은 좋은 남자였다. 5년간 사회복지사로 일하며 한 번도 내담자를 흉본 적이 없었다. 아픈 어머니를 지극히 돌보는 것도, 늘 나를 최우선으로 생각하는 것도 그랬다. 그가 가진 모든 특성이 내 온몸을 칭칭 동여맸다. 선량한 구렁이가 눈가를 어찌나 핥아댔는지 5년간 앞이 잘 보이지 않았다.

그러니 그를 향한 마음이 우정에도 미치지 못하는, 밋밋한 정으로 퇴화했다는 사실을 숨겨야만 했다. 그에게 사랑하지 않는다고 말하는 여자는 모두 못된 여자일 것이다. 착해빠진 이 남자를, 스스로를 꾸밀 시간에 연인에게 헌신만 하는 이 사내를 품을 줄 모르는 여자는 악당이리라.

나는 그런 여자가 되고 싶지 않았다. 미약한 온정에 사랑이라는 감투를 씌워왔다.

“엄마 생신에 같이 인사드리러 가자.”

그가 내미는 반지를 받아야만 했다. 왼손 네 번째 손가락에 끼우고, 눈물겨운 표정을 지으며 어깨를 들썩이는 게 나의 본분이었다. 우리는 5년 된 연인이며 그가 이 순간을 암시했을 때조차 나는 진심의 몫을 닭목처럼 비틀어 지하에 묻어버렸으니까.

이건 내가 자초한 일이었다.

자초?

고마워해야 하는 일이라니까, 제발. 오영아. 제발!

“오빠 팔 아파. 얼른 받아줘.”

내가 왜 이 남자를 만났을까. 그가 착해서였다. 착한 사람을 거절하는 건 나쁜 자의 몫이고 손가락질받는 일이니까. 그럼 왜 5년이나 견딘 걸까. 오래된 연인은 존재만으로도 나의 안정적인 인간관계를 증명하는 수단이 됐다. 이 남자가 나를 사랑하는 동안 나는 이 남자를 도구로 이용했을지도 모른다.

그런데 도구가 나에게 결혼을 하자고 하네.

어쩜 좋아.

정말 어쩜 좋아!

“영아야?”

지금이라도 달아날까. 세 걸음만 물러나면 문 앞에 설 수 있다. 하지만 알고 있다. 오영아는 죽었다 깨어나도 이수원을 떠나지 못할 것이다. 그를 사랑하지 않고, 심지어 못마땅하게 여기면서도 징그럽게 곁에 붙어 평생을 살아갈 여자가 나였다. 만약 우리 둘 중에 한 명은 인간이고, 한 명은 거머리라면 내가 바로 거머리였다.

그대로 주저앉아 두 손바닥에 얼굴을 파묻었다. 수원이 반지 케이스를 덮어 뒷주머니에 넣더니 한참을 침묵한 후에야 한숨을 쉬었다.

"우는 건 기대도 안 했어. 최소한 웃어주기라도 했어야지."

나는 죄인처럼 기어가는 목소리로 답했다. 요즘 들어 정말이지 웃음이 나오지 않는다고.

"미안해."

*

수원은 침대에 누운 내게 물 한 컵과 일본 친구에게서 택배로 받았다는 EVE약을 주었다. 생리통이 심할 때 먹어보고 싶다던 내 말을 기억해 일본 친구에게 대리 구매를 부탁한 덕이었다.

지금으로부터 6년 전에 수원은 호주로 워킹 홀리데이를 떠났다. 오렌지 농장에서 일하며 친해진 일본인과 지금까지도 연락을 주고받았다. 수원이 말하기를, 워킹 홀리데이 이후로 오히려 한국과 어머니를 향한 마음이 깊어져 지금의 자신이 완성됐다더라.

정도正道를 벗어나지 않는 그의 숨 막히는 일관성이 고국을 벗어난 타국에서 기틀을 잡았다니. 그 말이 감히 이해되지는 않았다. 이해하고 싶지도 않았고.

단지 호주라는 접점을 통해 악을 쓰던 은우를. 일본이라는 접점을 통해 못마땅해하는 은주를 떠올렸다. 이러니 수원을 마주해도 웃음이 나질 않지.

물은 따뜻했다. 찬물을 별로 좋아하지 않는 나를 위해 그는 가능하다면 내게 줄 물은 늘 온수로 준비했다. 겨우 약 한 알 삼킬 물을 만들자고 객실 전기 포트까지 꺼낸 남자의 노력이 징그러웠다.

약을 먹자 그도 곁에 누웠다. 나는 베개 높이가 불편하다는 이유를 핑계 삼아 등을 돌린 채 창가를 바라보았다.

"마음의 준비가 안 됐다는 거 알아. 하지만 나는 기다릴 수 있어."

이불 밑에 감춰둔 손바닥에서 벌레가 기어가는 감각이 느껴졌다. 끔찍한 촉감에 집중하느라 대답은 내 멋대로 생략했다.

수원은 어째서 우리가 결혼해야 하는지 나의 입장에서 서술했다. 결혼 후에 유치원 교사 일을 그만두고 충분히 쉬라고 해주었다. 지체 없이 아이를 만들자는 욕망이 담겨 있었다.

"나 아직 자식 생각 없는데."

"아기 좋아하잖아."

"내가?"

"영아가 아기를 싫어할 리는 없으니까."

유아교육과를 졸업한 후 진로 이탈 없이 착실히 유치원 교사가 됐다. 사촌 언니가 조카를 맡아달라고 부탁하면 용돈을 받지 않아도 달려가 이틀이고 사흘이고 조카를 봐주었다. 유치원 근무 환경은 열악하다 못해 사악할 지경이었지만(주로 급여에서) 언제나 수원에게는 보람이라는 밧줄로 꽁꽁 묶인 찬가만 들려줬다. 아이들이 얼마나 천사 같고 아름다운지. 이 일이 고단하긴 해도 내 삶에 얼마나 큰 빛이 돼주는지.

그러면 수원은 입을 길게 찢어 웃었다. 수원이 아닌 어중이 떠중이들도 내가 그리 말하면 웃어줬을 것이다.

"남의 아이도 사랑할 줄 아는 영아라면 우리 사이에서 태어난 아이는 훌륭히 키울 거야. 그러니 일은 관둬도 돼. 오빠가 열심히 할게. 우리 소박하게 시작하자."

수원이 나의 옆구리에 팔을 끼워 넣어 허리를 끌어안았다.

그러고선 나의 등에 얼굴을 파묻었다. 창가 너머 종로의 잠 못 드는 풍경을 바라보며 눈꼬리와 입꼬리를 동시에 휘는 연습을 했다. 생각만큼 쉽지가 않았다. 이제라도 그가 기다리는 말을 해줘야 하는데. 너무나 고맙다고 대답할 최고의 타이밍인데.

태양이 숨은 지도 한참인 시간이지만 신의 얼굴이 보이질 않아 나는 절망하며 눈을 감아버렸다.

빚을 내 마련한 투룸 빌라에서 수원과 시작할 아침을 상상했다. 아마도 나는 신혼집의 전세 대출금을 서둘러 갚기 위해 수원의 권유와 달리 일을 관둘 수 없겠지. 우리는 아침마다 사회복지센터와 유치원으로 갈라져 기진맥진할 때까지 각자의 지옥에서 시달린다. 어두워져서야 퇴근할 것이고, 대출을 갚기 전까지는 어쩔 수 없다는 핑계를 대며 25마트에서 저급한 식자재를 사 온다. 눈을 맞추고 밥알을 꼭꼭 씹으며 존재하지 않는 미래의 추상들을 논하는 채로 밤을 맞이한다. 여전히 투 블록 머리를 한 남자의, 여전한 체크무늬 셔츠를 벗기고 목덜미를 혀로 핥는다. 사랑이 없어도 사랑을 연기하는, 무려 5년 동안 반복된 야밤의 배우 활동을 재개한다. 우리는 적당한 시간 동안 몸을 섞는다. 신음 후 몸이 식으면 빌라 1층으로 내려가 고양이 밥 위에 염분이 제거되지 않은 참치를 얹는다. 손을 잡고 오늘 밤도 아름답노라 찬양한 뒤 다시 엘리베이터에 오르는 것으로 하루는 끝나겠지.

확실해졌다. 수원과 결혼하면 나는 악인이 될 거다.

"하, 씨…."

끔찍함을 견디지 못하고 서둘러 눈을 떴다. 몸을 틀어 수원을 향해 돌아누웠다. 내 벗은 가슴에 얼굴을 묻으려는 그를 널찍이 밀어 이른바 '우리 얘기 좀 해' 거리를 확보했다.

"오빠."

"응."

"내가 만약 아이들을 별로 안 좋아한다면 어떨 것 같아?"

"네가?"

"응."

"조금 실망하겠지만 그래도 우리 둘을 빼닮은 아이라면 다를 거잖아."

"안 그렇다면? 사실은 내가 아이를 싫어하고, 유치원도 싫어하고, 고양이도 싫어하고, 그리고 또… 아니야. 못 들은 걸로 해."

애인아, 내가 만약 너라는 인간마저도 싫어하고 있다면 어떨 것 같아?

어떻게든 악인이 되지 않는 방식만 선택하는 건 마음 안에

용수철을 꾹 눌러두고 손을 떼지 않는 일과 같았다. 예측하지 못한 곳으로 튀지 않게끔 스스로를 절제하는 일. 그 결과로 지금의 나는 수원과 마주 보고 누워 있다.

이건 너무 불공평하고 불합리했다.

선량함을 고집하기 위해 지켜온 선택들이 병렬적으로 이어지는 순간, 미래에 남는 건 원하지 않던 삶이라는 모순. 이 남자를 사랑하지 않고, 이 남자와의 미래가 저주라 생각하며, 내가 해온 모든 일이 쓸모없는 짓거리로 전락하는 순간을 예측하는 지금의 끔찍함.

어쩌면 나는 잉태되는 시점부터 악인으로 살 운명이었을까.

"영아야."

수원이 서로의 코끝이 스칠 정도로 바짝 다가와 이마에 입을 맞췄다. 팔 하나를 나의 목과 베개 사이에 끼워 등을 토닥였다. 방금까지 내가 봤던 종로의 삭막한 풍경을 이제는 그가 눈에 담았다.

"마음이 힘들면 상담을 받아보자."

그가 부드러운 목소리로 위로했으나 그 떨림의 끝은 쓰기만 했다. 나는 시트 자락을 부여잡고 다시금 미안하다고 흐느꼈다.

*

심리 상담을 진행하는 곳들은 많았지만, 어디가 나에게 최선일지 결정하기는 어려웠다. 유저들이 써놓은 블로그 후기를 이것저것 살폈다.

사람들은 자신이 품은 우주를 설명하는 일을 좋아했다. 평가와 평가 사이를 헤엄치는 일이 은하와 은하 사이를 떠도는 일처럼 막막했다. 왜 이 장소에는 별이 다섯 개나 반짝이는지, 왜 이 장소에는 별이 한 개만 관측돼도 감지덕지라 여겨야 하는지. 겪지 않은 상태에서 타인의 평가에 의존하는 건 배달 음식에 매겨진 별을 보고 맛을 상상하는 일처럼 착오적인 행위였다. 남의 혀와 내 혀가 동일하지 않음을 알면서도 용인해야 하는 오류말이다.

별 다섯 개짜리 은하 속에 예속된 상담 센터를 발견하면 온 시야가 환해졌다. 자세를 고쳐 앉아 꼼꼼히 후기를 읽었다. 안타깝게도 그런 곳들은 비용이 부담스러웠다. 그렇다고 저렴한 곳을 찾으면, 눈이 침침해질 정도로 별이 없어 황량했다. 단지 후기를 읽는 것만으로도 삭막해지는 기분이 들었다.

근원적인 의구심이 피어났다. 나는 정말로 상담을 받아야 하는가?

드립 커피를 한 잔 내리기 위해 진열장을 열었으나 원두가 없었다. 자주 쓰는 물품들은 꼭 필요한 순간에 동이 나고 말지. 이전에 구입한 원두는 사치품이었는데 차라리 잘됐다. 앞으로는 저렴한 걸 먹는 훈련을 해야겠다.

간단히 외투를 챙겨 입고 집을 나섰다. 만약 내가 수원과 결혼을 하게 된다면, 그러니까 당장 지금이 아니라 언젠가에, 내 인생을 엿가락처럼 길게 늘어뜨려 먼발치 어느 기점에 수원이라는 표지판을 꽂는 걸 상상하는 순간, 지금부터라도 절약을 해둬야겠다는 판단이 섰다. 요즘은 신혼집 전세 대출도 만만찮으니까.

파란색 배경에 하얀 글자로 적힌 25마트 간판 아래로 여전히 많은 사람들이 입장하고, 또 퇴장했다. 나는 괜한 부끄러움에 주변을 두리번거린 다음, 나를 알아볼 사람들이 단 한 명도 없다는 걸 확인하고 입장했다. 이렇게 나도 악인이 되는구나.

이제 돈을 아껴야 하니 어쩔 수 없었다.

“엄마, 나 당근 치즈 케이크 하나만.”

“얼만데?”

“한 조각에 3,000원.”

“그럼 두 개만 먹어보자.”

"오, 예."

상품이 많았다. 가격표에 적힌 숫자는 빈약했다. 그것들을 집어 든 사람들은 만족스러워했다. 그들이 끌고 가는 카트 안에는 온갖 먹음직스러운 식품들이 가득했다. 그 모든 저질스러운 음식들의 껍데기는 현대를 기록하는 인류세가 되어 썩지도 않고 천년만년 지층 안에서 생존할 것이다. 나는 눈을 찌푸리고, 한껏 혐오해 주었다.

"이모, 여기 사각 빤스 원 플러스 원 해요."

"이모부 그런 디자인 안 입을 텐데."

"쟁여두면 혹시 모르는데. 이 가격에 안 사면 손해예요."

"그러면 너희 아빠 한 장 주고 이모부 한 장 줄까?"

"좋네요!"

이름 모를 사람들의 모습 모를 삶들. 음식만큼이나 물건을 가득 담은 카트들이 양옆으로 지나갔다. 빨간불이 영원히 고장 난 도로에 선 듯이 그들은 바퀴 달린 철망을 붙잡고 어디로든 날아갔다. 정성이 거세된 물건들에 부딪히고, 담고, 허리를 숙이고, 포효하고, 숨을 쉬고, 비교하고, 만족하고.

"이 키링, 치이카와* 콜라보래."

---

* 인기 캐릭터 만화 『먼가 작고 귀여운 녀석』을 의미한다.

"너무 귀여워."

"같이 살래?"

"사자."

중요한 물건. 중요하지 않은 물건. 중요할지도 모르는 물건. 중요하지 않을 게 확실하지만 좋아 보이는 물건. 중요하지도 좋아 보이지도 않지만 그저 싼 물건. 담고, 또 담고, 계속 담고, 오늘만큼은 대기업 총수의 잔고가 내 것인 듯이 담고 또 담고, 절약하러 와서는 또 돈을 썼다며 후회하는 일 따위는 내일로 미뤄두고 계속해서 담고. 여기에 당신들을 한껏 무시하는 태도로 눈알을 굴리는 나 따위는 물건의 그림자로 취급하며 담고 또 담고.

나는 그들을 보고 또 보고. 계속 보고. 웃고 있는 얼굴에 분노를 느끼고. 동시에 안도하고. 은주를 생각했다가 매대의 반사면에 비친 내 얼굴을 바라봤다가 수원을 생각했다가.

한 아이가 가벼운 몸으로 인파 속에서 튀어나왔다.

"아야."

멍하니 있던 나는 피하지 않았다. 우리는 충돌했고, 아이가 엉덩방아를 찧었다.

부축해 주기 위해 손을 내밀었다.

"미안해. 괜찮아?"

아이는 다른 손에 초콜릿을 쥐고 있었다.

"괜찮아요."

아이가 스스로 엉덩이를 툴툴 털고는 초콜릿을 살폈다. 다행히 초콜릿은 부서지지 않고 멀쩡했다. 아이는 헤벌쭉 웃었고, 나는 무릎을 조금 굽혔다.

눈높이가 맞았다.

"마트에 오는 거 좋아하니?"

"네."

"여기에 자주 오니?"

"네."

"올 때마다 좋니?"

"네!"

뒤에서 한 여자가 아이의 이름을 연발하며 서둘러 뛰어왔다. 아이를 쳐다보는 동안 주변 시야로 뿌옇게만 보였던 여자의 이미지가 점점 더 선명해졌다.

"죄송합니다. 아직 애라서."

"괜찮아요. 제가 부주의했어요."

여자가 아이의 정수리를 꾹 누르니 아이는 태엽 인형처럼 자동으로 고개를 숙여 한 번 더 발음했다. 재송함미다. 그 아이는 전혀 죄송해 보이지 않았지만, 손안에 사랑하는 것이 있어 행복해 보였다.

나는 가만히 서서 다정한 모자를 바라봤다. 한여름날에야 겨울을 바라게 된 사람처럼. 머리가 삼켜진 다음에야 팔다리는 물리지 않았다는 걸 깨닫는 곤충처럼. 수장된 다음에야 아가미가 있음을 깨닫는 물고기처럼. 텅 빈 복도를 걷고 나서야 방학이 왔음을 깨닫는 아이처럼.

확실해졌다. 여기에서 불행한 건 오직 나 하나였고, 나는 달라질 수 있었다. 그러니 나는 상담을 받아야만 했다.

원두 매대 앞에 섰을 때, 수원의 메시지가 도착했다. 무료로 상담을 도와주는 연구센터를 찾았다고 했다.

그곳의 전화번호는 은우 엄마가 알려준 것과 동일했다.

3

연락은 잘 닿지 않았다. 혹시나 싶어 '은우 어머님이 소개해 줬어요'라는 문자를 보내자 10분 뒤에 전화가 걸려 왔다.

"안녕하세요. 은우 어머님의 소개로 연락하신 건가요?"

"아, 네, 맞아요."

"혹시 다른 분의 소개가 있지는 않았나요?"

"제 남자 친구도 소개해 줬기는 한데…. 그게 중요한가요?"

"저희는 무료 상담 및 치료를 진행하는데요, 그러려면 소개자를 모두 기록해 둬야 해서요."

미리 봐둔 다른 상담 센터에도 문의했지만 어떤 곳도 무료라고는 하지 않았다. 어떤 곳은 센터장 상담은 시간당 7만 원,

석사급 카운슬러 상담은 시간당 5만 원이라고 했다. 금액과 방식이 친구 결혼식에 가기 전 들른 메이크업 숍과 유사했다.

은우 엄마와 수원이 알려준 두 곳이 동일한 곳이라는 운명적 일치에서 오는 기묘한 신뢰를 꺾을 만한 장소는 없었다.

그러니 주말 아침, 수원은 센터까지 직접 운전을 해서 데려다주었다. 그 덕에 나는 외관이 온통 새하얀 서향의학연구센터 앞까지 편하게 올 수 있었다. 내리기 직전에서야 수원이 내민 물을 받아 마셨고, 속을 달랬다. 주홍색 스티커로 '유리 조심'이라 적힌 자동문이 열리자마자 병원 특유의 살균제 냄새가 났다. 실내는 온통 건조하고 싸늘했다.

연구센터라는 명칭이 무색할 만큼 일반적인 정신건강의학과와 다르지 않은 실내였다. 데스크에서 접수를 하고 베이지색 가죽 소파에 앉아 기다리는 동안 눈 둘 곳이 없었다. 부산스러운 소리를 내뱉는 TV에 집중하는 척했다. 기계 속에서 고양된 얼굴로 떠들어 대는 사람이 보였다. 제주도에서 잡은 옥돔을 좀 드셔보라며 호들갑을 떠는 리포터의 표정이 팥고물을 다 흘려버린 오메기떡처럼 우스꽝스러웠다. 해장국 한 숟갈에 눈을 까뒤집고 파르르 떠는 남자를 바라보며 속으로 생각했다.

얼마 받았을까?

내가 이런 곳까지 올 줄은 몰랐다. 이게 바로 말로만 듣던 번아웃인가. 우울증 초기 증세일지도 모르지. 모서리가 팬 정신을 방치한 채로 살고 싶지 않아 이렇게까지 노력하고 있으니, 아직 나에게는 갱생의 여지가 있을 것이다. 이 마음가짐만으로도 나는 '정상'의 범주에 속하지 않나?

내 안의 나를 향해, 오늘까지 내가 한 선택 중에 틀린 것은 아무것도 없으니 지금의 고통도 금방 사라지리라는 주문을 읊었다. 나는 괜찮을 것이다. 문제없을 것이고, 나는 정상이며, 정상이었고, 정상으로 살 것이다. 잘못된 건 어느 것도 없을 것이다. 모든 건 순간적인 불안과 금방 사그라들 우울일 뿐이다. 이것이 격려인지 자기방어인지 구분할 수 없었다.

"오영아 씨."

"네!"

"1번 진료실로 가세요."

호명되자마자 나는 팔딱거리는 옥돔처럼 소파에서 튀어 올랐다. 바다로 돌아가길 갈망하는 물고기의 헤엄. 지느러미가 없으니 다리를 휘저어 1번 진료실 앞에 섰다. 왠지 눈앞의 문을 열면, 휘황찬란한 조명이 휘감은 스테이지가 펼쳐질 것만 같다는 착각이 들었다. 피로가 쌓인 탓일까. 고개를 저었다.

'여기 서향시에서 가장 야만적인 여자가 왔습니다! 이 여자가 제주도 옥돔으로 끓인 해장국을 먹는 모습을 보십시오!'

고개를 대차게 저었다. 지금 내가 느끼는 것은 환각인가? 대뇌 피질 사이사이 파리가 터를 잡고 알을 깐 것 같았다. 아무래도 요즘 나는 피곤한 것일 테지. 그렇지 않고서야 이런 망상을….

'크레졸과 포름알데히드를 섞어 만든 물질을 단지 살균제라 모독하는 저 납작한 지성을 비난합시다! 우리 중에 누구도 이 여자보다 무식하지 않습니다. 그렇다면 첫 번째로 비난받아야 하는 인간은 이 여자가 아니겠습니까? 잘못 태어난 이 여자를 보십시오!'

소음 같은 환청이 들렸다. 나는 정말로 병에 걸린 건가? 내가 뭘 잘못 먹었나? 이게 다 무슨 헛소리인가? 관자놀이를 손바닥으로 퍽퍽 쳐댔다. 귀가 얼얼했다.

"오영아 씨! 왜 그러세요?"

"아, 아닙니다…."

정신 차려 오영아.

진료실 문을 제대로 열었다. 웬 콘셉트인지 베토벤의 〈비창〉이 배경음악으로 재생되고 있었다. 클래식에 대해 잘 모르지만, 〈비창〉만큼은 유일하게 알고 있다. 누군가가 음악적 소양을 시험하면 무시당하는 일만큼은 간신히 면하게 해주는 고마운 음악이지. 하얀 공간의 중심에서 의사 가운을 차려입은 사람이 보였다. 명찰에 적힌 건 이름이 아니라 'Scarlett'이라는 닉네임이었다.

"잘 오셨습니다. 고민이 있거나 털어놓을 이야기가 있다면 부담 없이 말씀하세요. 아참, 저는 정신과 의사는 아닙니다."

"의사가 아니라고요?"

"정신과 의사는 아니라는 말입니다. 뭐, 크게 신경 쓰지는 마세요."

"아, 네…."

"고민이 무엇인가요?"

이런 상담은 처음이니 블로그 후기를 보면서 연습을 했었다. 무슨 말을, 어떻게 해야 할까. 전화를 걸기 전에 다이얼로그를 작성했던 어린 시절처럼. 처음 입을 여는 게 가장 어렵다더라. 겪어온 고민이 차고 넘칠 만큼 속에 가득한데, 막상 입 밖으로 꺼내려니 검열 의지가 강해져 한마디도 꺼낼 수 없어진다며. 가족이 죽고 집안이 망하고 가산이 탕진되는 정도의 고통이 아니라면 이런 곳까지 와서는 안 됐다는 잘못된 반성은 덤이라고 했다. 하지만 의사와 마주하는 순간이야말로 타인에게 내면의 홍수를 보여줄 몇 안 되는 기회이므로 검열과 반성 대신 용기를 가져야 한다는 것이 사람들의 공통된 조언이었다.

마른 손을 비빌 때마다 종잇장을 마찰시키는 소리가 났다.

"예전의 제 모습이 사라져서요."

"예전엔 어떤 분이셨고, 지금은 어떻게 변하셨나요?"

"예전엔… 평범했는데… 아마도… 지금은…."

"지금은 비범해지셨나요?"

"아뇨, 지금도 평범하긴 한데…."

"천천히 얘기하셔도 돼요."

"제 주변의 모든 게 다 싫어진 느낌이 들어서요."

이제껏 나는 머릿속에서 둥둥 떠다니는 글자들이 정확히 어떤 획을 갖고 있는지 들여다보지 않았다. 그저 '싫다'라고 두루뭉술하게 뭉갰을 뿐이다. 정확히 내 안에 어떤 내가 사는지, 그녀가 무엇을 싫다고 외치는지 집중하지 않았다. 왜였지? 혹은 아마도 나는 무서웠던 것이다. 부정적인 외침에 확성기를 다는 순간, 내가 무언가를 경멸하고 있다는 걸 인정해 버리는 바로 그 순간, 내가 악인이라는 사실도 자명해질 테니까. 뒤꿈치에 붙은 그림자에게 이름만 붙이지 않으면 내 것이 아닌 척할 수 있다고 생각했다.

"매일 불쾌해요."

스칼렛은 차트에 무언가를 기록했다. 눈을 내리깔 때와 나를 바라볼 때 느껴지는 온도가 달랐다. 서비스 정신이 좋은 여자였다.

"누군가 영아 씨를 괴롭혔나요?"

"아뇨. 음, 남들도 이런 건 다 겪겠죠? 직장에 골칫거리가 있고, 이웃이 마음에 들지 않고, 애인을 향한 마음이 예전 같지 않고, 그런 것들의 반복이요."

"영아 씨는 그 상태가 어떻게 달라지기를 원하고 있지요?"

어떻게라, 간단했다.

어떤 날은 베토벤의 〈비창〉을 들으며 아는 척하고 싶다가도 어떤 날은 케이팝을 들으며 엉덩이나 흔들고 싶었다. 내 일상을 구축하려는 타인들의 아포리즘을 지적해 보고 싶고, 그것들을 지키려 하는 은주에게 어깃장을 놓고도 싶고, 수원에게 사랑하지 않음을 고백하고도 싶다. 그럼에도 존중받고 싶었다. 아니다, 존중처럼 귀한 마음은 바라지도 않았다.

여기 내가 있고, 당신에게 뭔가를 말하고 있다. 당신은 그것을 싫어하지만 곁에 남아줄 수 있다고 말해줬으면 한다. 베토벤에게, 쇼펜하우어에게, 은주에게, 수원에게. 그 답을 듣고 싶다.

"좋게 해결되길 바라고 있어요. 그런데 잘 안돼요."

"영아 씨는 지금 그걸 해결하지 않으려는 건가요, 할 수 없는 건가요."

이 질문은 나의 입을 다물게 만들었다. 나는 해결할 수 없어서 여기까지 왔다. 무능한 인간이 된 것 같았다.

"괜찮습니다. 그걸 해결하려고 저희의 연구가 있으니까요."

여자가 벽면에 설치된 모니터를 조작했다. 뇌 사진과 학술용어가 송출됐다.

"흔히들 마음가짐을 바꿔야 시야가 달라진다고 하지만, 그 마음가짐이란 결국 뇌 기능을 말합니다. 감정과 행동을 통솔하는 역할은 전두엽의 전전두피질*이 맡고 있거든요. 전전두피질과 대뇌의 피질하 구조들이 상호작용하며 정서를 형성합니다."

화면 속 뇌 앞부분에 빨간 동그라미가 그려졌고, 주름을 따라 여러 신경이 활성화되는 이미지 효과가 재생됐다.

"간단하게 말해 전두엽 기능을 일부 조절하면 정서에 변화를 줄 수 있습니다."

그녀는 이 과정이 무료로 진행되지만 아직 상용화되기 전의 실험 단계이므로 극비로 이뤄져야 한다는 설명을 덧붙였

* 전두엽 앞부분을 덮고 있는 대뇌 피질.

다. 추천인의 이름을 기록하는 이유도 이 때문이라고 했다.

실험? 나의 표정이 요상해지자 그녀는 즉시 여러 장의 문서를 펼쳤다. 호주 뇌 과학 센터와 미국 의학 연구소가 체결한 투자를 바탕으로 하는 실험이라 기술력은 보증이 된 상태라는 안내서였다. 다만 아시아인 데이터가 부족해 국내에서 공식적으로 시행하기에는 어려움이 있는 실정이었다. 솔직히 여기서부터는 들어도 무슨 말인지 알 수 없었다.

어설픈 이해력으로 요약하자면 여자는 내게 실험에 참가하기를 권했다. 전두엽 기능을 조절해 사람의 정서를 변화시킬 수 있는가에 관한 실험이었다.

"부작용은 없나요?"

"주입하는 자극은 길어봤자 4주만 유지됩니다. 전전두피질은 연합피질이라 뉴런이 연쇄적으로 반응해요. 한 번 자극을 주면 범주 내 뉴런들에 순차적으로 영향을 주지만 지속성이 짧습니다. 혼신의 힘을 다해서 한 명만 때리면, 치명상을 입힐 수 있어요. 하지만 열 명에게 힘을 분산시켜 때리면 그들은 금방 회복하겠죠. 같은 원리로 영아 씨의 뇌도 4주가 지나면 원상 복귀됩니다. 그 4주 동안 영아 씨의 심리 상태가 나은 방향으로 변화한다면 이 시술의 가치는 증명돼요."

"부작용이 없다는 말인가요?"

"있어도, 적을 겁니다."

"혹시 중독되거나 갑자기 뇌사에 빠지거나… 그런 건 아니죠?"

스칼렛이 안경을 치켜올리더니 호방하게 웃었다.

"감기약을 먹어도 사람은 죽을 수 있습니다. 하지만 주변에서 감기약으로 죽은 사람을 본 적이 있나요?"

눈앞에 계약서가 보였다. 비용 청구가 없는 대신 대외비에 대한 보안 사항이 세 페이지에 걸쳐 기술됐다. 구두로 들은 설명보다 훨씬 상세했으나 용어가 어려워 전혀 해독할 수 없었다.

여전히 의심스러웠다. 하지만 지금 앉아 있는 곳은 국가가 운영하는 서향의학연구센터였다. 스칼렛은, 내가 원한다면 얼마든지 다시 방문해 문서의 공신력과 효용성을 따져봐도 좋다고 했다.

"참, 이걸 빼먹었네요. 뇌를 갈아엎는 시술이 아닙니다. 국소 부위만 자극해서 컨트롤하는 거예요."

볼펜을 잡고 고민하는 와중 휴대폰에 뜬 수원의 메시지가 보였다. 오래 걸려도 괜찮으니 필요한 만큼 상담을 받고 오라는 격려였다. 사랑한다는 말로 메시지는 종결됐다.

수원에게 나는 좋은 사람이다. 배려받아 마땅한 인간이라는 뜻이다.

앞으로도 그렇게 믿고 싶었다.

*

시술은 3분도 되지 않아 끝났다. 붉은 레이저를 머리 앞통수와 정수리 중간쯤 되는 부분에 쬐는 시술이었다. 해당 부분에 콩알 정도의 삭발이 진행됐다. 가르마 방향을 바꿔 머리칼을 옮긴 다음 핀으로 고정하면 감출 수 있었다. 그러고 나서도 혹시 보일까 싶어 그 부분을 여러 번 어루만졌다.

"뭐가 달라졌어, 영아야?"

"잘 모르겠는데."

"분명 뭔가 바뀌었을 거야."

"글쎄."

"잘 생각해 봐."

"모르겠어."

"시술받은 부위를 운동시킨다는 감각으로 집중해서 생각해 봐."

"모르겠다니까?"

"한번 해봐. 뭔가 떠오를지도 몰라."

"음, 근처에 제주도 옥돔 해장국 파는 곳 있어?"

"제주도 옥돔 해장국? 누가 옥돔으로 해장국을 끓여 먹어?"

"끓여 먹던데? 심지어 맛집이래. TV에서 봤어."

"그런 건 없어. 시술 부작용으로 엉뚱한 상상을 하는 건가?"

"TV에서 봤다니까? 왜 내 말을 헛소리 취급해?"

"알았어. 믿을게. 근데 뭐 달라진 거 없어?"

"하, 씨…."

미심쩍은 시술까지 받았음에도 나는 여전히 수원을 사랑하지 않았고, 집요한 걱정에도 기쁘지 않았다. 역으로, 노력했음에도 원하는 결과를 얻지 못했다는 점이 억울함을 촉발시켰다. 쓸데없는 일에 시간을 소모하고 부끄러운 개인 사정까지 읊어버렸다는 사실이 분통해 집에 도착하자마자 화분 하나를 깨트렸다.

불만족스러운 상태는 며칠 동안 지속됐다.

유치원에서 호통치는 횟수가 늘어났다. 원장에게 지적당하는 횟수도 덩달아 늘어났다. 하지만 은우에게 '유 네일드 잇'이라는 말을 듣는 순간이면 어김없이 웃음이, 그것도 시술 이전보다 훨씬 격해진 웃음이 났다.

스스로에게 위화감을 느껴 혹시 분노를 자극하는 시술이었는지 전화해 따져 물었으나 스칼렛은 절대 그런 것이 아니니 안심하라고만 했다.

하원 보조를 위해 조수석에 앉힌 은우가 시술 부위를 가리고자 꽂은 머리핀을 빤히 바라보았다.

"선생님."

"응."

"머리핀 누가 줬어요?"

"선생님 남자 친구가 사줬어."

"촌스러워요."

시발 새끼.

생각만으로도 깜짝 놀라 즉시 입을 틀어막았다. 이 아이로 인해 누적된 스트레스가 과격한 말로 변질되어 나도 모르는 사이 목구멍 밖으로 튀어나오려 했다. 이전보다 더 강하게.

분명 뭔가 바뀌긴 했다. 내가 알지 못하는 무언가가.

"입을 왜 가려요?"

"신경 쓰지 마."

"귀여운 척하는 거예요?"

"좀 하면 안 되니?"

그래, 너만 생각 안 하고 말하냐? 나도 생각 안 하고 말하련다.

또 이러네. 다시 입을 틀어막았다.

은우는 고개를 갸웃거리며 교사의 이상 행동을 더욱 면밀히 관찰하려 했다. 나는 재빨리 차창을 내려 거센 바람이 들이치도록 만들었다. 흩날리는 머리칼 덕에 은우는 내 옆모습을 살피지 못했다. 머리핀이 흘러내리지 않게 한 손으로 핸들을, 다른 한 손으로 핀을 쥐고선 운전했다.

수원은 아무리 능숙해져도 한 손 운전은 절대로 하지 말라 당부했었지. 알게 뭔가, 여기는 한국인데.

"선생님."

"또 왜."

"한국에서 밤을 50번 넘게 셌는데 아빠가 안 와요."

은우는 쥐가 먹이를 감춘 듯이 부푼 양 볼을 움찔거렸다. 그의 아버지에 대해 알려진 정보는 한국인이라는 점뿐이었다. 아마도 그의 엄마가 한국에서 착하게 지내다 보면 아버지를 만날 수 있다는 거짓말을 했나 보다. 가망 없는 약속은 어린아이에게는 상처가 되리란 걸 몰랐을까.

불쌍하다고 생각해야 하는데 불쌍하지가 않았다. 평소에 얌전히 교사의 말을 따르는 아동이었다면 그의 어리숙한 아픔에 눈시울 정도는 붉혔을지도.

이 아이에게 해줄 말은 없었다. 이건 내가 나쁜 사람이라서가 아니다. 이 아이가 자초한 일이지.

"선생님."

"선생님은 지금 운전 중이지요?"

"저는 저를 은우라고 부르는 게 정말 싫어요."

"은우, 자꾸 말 시키면 위험하지요?"

"싫다고요!"

"그래, 그래라."

"아빠가 준 이름으로 불리고 싶단 말이에요."

"다 왔으니까 내리자."

이제 마주할 여자와 함께 사는 동안 이 아이는 좋으나 싫으나 정은우로 살아야만 한다. 햇살이 잘 통하지 않는 햇살반에서 수없이 그 점을 우회적으로 가르쳤으나 아이는 여전히 깨닫지 못했다.

여자의 가게는 오늘도 손님이 없었다. 여자의 얼굴에는 마땅히 있어야 할 어둠도 없었다. 이 여자에게도 뭔가가 결여됐다. 혹은 넘쳤거나.

"얘기 들었어요. 시술받았다면서요."

여자는 일전에 내가 구매한 호밀 식빵을 하나 챙겨주었다. 이번에는 공짜라고 했다.

"달라진 게 있던가요?"

"아뇨."

"없어요? 그럼 관리에 도움이 될 링크를 보내줄게요."

"그런데 어떻게 시술 사실을 아셨어요? 대외비 사항이 있던데."

"친했던 동료라 들었어요."

"그래서 추천하셨군요. 피실험자도 모집해야 하니까?"

여자가 수상쩍게 미소 지었다.

"앞으로 좋으시겠어요."

좋을 거라고? 뭐가? 불온한 계략에 놀아났다는 생각이 들어 여자가 준 식빵을 계산대에 던지듯 내려놓았다. 여자는 머리칼을 뒤로 쓸어 넘기는 여유까지 챙기며 크게 웃었다. 믿을 만한 동료이고 이미 완성된 기술이니, 걱정할 게 전혀 없다고 되풀이하는 모습이 센터에서 본 스칼렛의 태도와 다르지 않았다.

"더 나은 사람이 되고 싶어서 받은 거잖아요. 그 믿음은 절대로 틀리지 않아요."

여자가 내 휴대폰으로 메모 파일 하나를 전송했다. 알 수 없는 인터넷 링크들이 빼곡했다. 이 행동마저도 계략의 연장선으로 느껴져 이마 주름이 펴지지 않았다.

"신은 우리를 버려도, 우리는 우리를 버리지 못하니까요."

"그게 무슨 소리…."

"오늘은 실컷 웃고 즐거워하면서 잠들길 바랄게요."

여자는 다시 내 품에 식빵을 안겨주었고, 나는 그 손길을 거부했다. 더 오래 있어봤자 뜻 모를 이야기만 들을 것 같아 등을 돌려버렸다.

"저 사실 호밀 식빵 안 좋아해요."

인사 대신 날카로운 말을 남기는 내게 은우는 이번에 엄지 손가락을 세워주었다. 아이의 입에서 자주 나오는 말을 듣고 싶지가 않아 귀를 틀어막고 밖으로 향했다.

맞은 편 25마트에는 여전히 사람이 많았다.

4

샤워 후에는 매번 두피를 꼼꼼히 말리고 누웠다. 말려놓지 않으면 비듬이 생긴다는 말이 신경 쓰였지만, 그보다는 가둬진 습기로 인해 머리에서 악취가 날까 봐 걱정했다. 누군가 나를 바라보며 코를 부여잡는 모습은 상상만으로도 끔찍했으니 아무리 늦은 밤에 감더라도 항상 머리를 말렸다. 혹시나 302호 이웃의 휴식을 해칠까 싶어 드라이기를 1단으로 맞추는 일은 습관이었다.

“이 링크들 안에 시술 관리법이 적혀 있는 건가?”

어정쩡하게 마른 머리에서 물방울이 떨어지는 채로 의자에 앉았다. 선풍기를 틀고 두 다리를 책상 위에 올려 등을 기대니 품이 넉넉한 바지 속으로 시원한 바람이 들어왔다. 음모의 물기가 증발하는 감각이 좋았다.

첫 번째 링크. 온라인 커뮤니티 글로, 중고 외제 차를 잘못 매입했다가 인생이 망했다는 20대 청년의 일화였다. 온통 천박한 단어뿐이라 당장 꺼버릴까 싶었으나 '죽고 싶다'로 시작되는 내용에 호기심이 생겨 끝까지 읽었다. 남자의 신용도는 8등급인데 불법 대출의 도움을 받아 5,000만 원짜리 중고 외제 차를 전액 할부로 구입했다. 연리는 25퍼센트였고 보험료와 생계비를 명목으로 여유 자금을 1,000만 원까지 조달받았다. 그러나 차량이 금방 망가져 어마어마한 수리비를 청구받았으며 할부금과 더해 월 200만 원이 넘는 금액을 감당해야 하는 상황이 펼쳐졌다. 이른바 카푸어. 남자는 빚 때문에 사는 게 너무 힘들다며 활자로 울부짖었는데 아래로는 한심하다는 비난 댓글이 줄을 이었다.

평소에 즐겨 읽던 부류의 글이 아니었다. 이런 글을 읽을 시간에 지난달 구매한 고전문학을 마저 읽는 게 나았다. 하지만 수렁 같은 상황에서 울부짖는 한 인간을 머리에 그리는 순간 심장이 콩콩 뛰었다. 본격적인 뜀뛰기를 하기 전, 가볍게 발 구르는 맥박을 따라 타인의 절망에 새겨진 획을 헤아려 봤다.

망하는 인생. 찢어진 인생. 남루한 인생. 사연 속 남자가 난

관을 타개하지 못하기를 바랐다. 극복 서사가 없어야만 그의 절망은 순수하고 무결해지니까. 그것이 불량한 검정이라 하여도 원래 검정이야말로 가장 순수한 색이다.

한 번도 들여다본 적 없는 세계였다. 경험하지 못한 모든 것은 설렘을 동반한다. 뭐든 간에 말이다.

"흐흐."

웃음이 나왔다. 얼마 만인지.

두 번째 링크. 마찬가지로 온라인 글이었다. 사회에 적응하지 못해 30년 동안 외출하지 않은 일본인의 사연이었다. 평생 부모의 도움으로 생계를 유지하며 화장실이 딸린 네 평짜리 방에서만 생활했는데, 부모가 거실에서 극단적 선택을 한 줄도 모른 채 2주를 보냈다. 신고받은 경찰이 집에 들이닥쳤을 때, 그가 부패한 사체를 끌어안고 참회의 눈물을 흘리고 있었다는 인터뷰 자료가 첨부됐다. 녹아내린 아이스크림처럼 무너진 사내의 얼굴이 압권이었다. 댓글은 이미 300개가 넘었다.

"흐하하하."

또 웃음이 나왔다.

세 번째 링크, 네 번째 링크. 모두 이름 없는 불행이 담겨 있었다. 결코 일반적이지 않은, 한 명의 삶을 초월하지 못하는 다채로운 어둠들. 타인의 괴로운 삶을 관음하는 건 죄책감을 불러일으켰다. 동시에, 타인의 삶이 송두리째 바뀌는 순간을 목도하는 쾌감이 일었다. 나쁜 것에는 갈고리가 있다. 평생을 선하게 살고자 애썼던 마음이 삽시간에 묶여 저 아래에 대롱대롱 매달렸다. 카타르시스에 뇌가 절여졌다.

웃음이 터져 나왔다.

배를 부여잡고, 개그 영상을 처음 본 어린아이처럼 바닥을 구르며 웃었다. 과거에도 이 정도로 쾌활하게 웃는 사람은 아니었다. 지금의 나는 이상했고, 이 웃음은 내가 알던 웃음이 아니었다.

이건 환희였다.

고역 속에서 허우적거리는 삶을 바라보고 있노라면 나의 삶은 그것들과 완전히 동떨어져 안전하다는 기쁨이, 내 삶은 구질구질한 자들보다 곱절은 더 찬란하다는 안도가, 더러운 것들을 발로 짓뭉갤 때 느껴지는 짜릿함이 폭죽처럼 터졌다. 이따위 인생들에 비하면 수원을 싫어하고, 아이를 싫어하고, 고양이를 싫어한 나의 과오는 과오 축에도 끼지 못하리라.

샤덴 프로이데*는 새로운 기쁨이었다. 그들의 불행에 나는 아무것도 잘못하지 않았으니 일말의 책임 또한 없었다. 그러니 그들의 불행은, 내게도 내 몫의 자유가 있다는 증명이었다.

장기가 뒤틀릴 만큼 웃음이 났다. 쉿소리를 반복하는 목젖이 행복에 겨워 신음을 뱉었다. 도파민이 호우가 되어 쏟아졌다.

웃음은 사라지지 않았다. 천박함 뒤에 숨어 있었다! 고상한 불행은 천박한 행복을 이길 수 없었다. 스칼렛이 내게 어떤 시술을 해줬는지는 모르겠지만 막힌 혈이 뚫리는 듯 시원했다. 온몸의 털이 비쭉 서고 나의 사랑스러운 음성이 방을 꽉 채웠다. 손바닥이 곧게 펴지며 발끝까지 피가 돌았다. 뺨이 달아오르는 게 느껴졌다. 거울을 보니 귓불에도 혈색이 가득했다. 집을 나갔던 감각이 동시다발적으로 돌아왔다.

나는 살아 있다. 그것도 아주 건강하게.

이건 내가 되찾고자 했던 예전의 모습은 아니었다. 오히려 그보다 더 싱그럽고, 밝은 소녀의 얼굴이었다. 단박에 알아차렸다. 이 세상에는 한 번 알고 나면 절대 이전으로 되돌아가지 못하는 것들이 있고 오늘의 환희도 그 속에 포함된다는 것을.

마지막 링크를 클릭했다. 이 글만큼은 천박한 행복이 아니었다.

---

* Schadenfreude. 남의 불행을 보면서 느끼는 행복.

모든 사람이 자유로워지기 전에는 그 누구도 자유로워질 수 없고, 모든 사람이 도덕적이기 전에는 그 누구도 완전히 도덕적일 수 없다. 또한 모든 사람이 행복해지기 전에는 그 누구도 완전히 행복해질 수 없다* No one can be perfectly free till all are free. No one can be perfectly moral till all are moral. No one can be perfectly happy till all are happy.

* 영국의 철학자 허버트 스펜서Herbert Spencer의 책 『사회정학Social Statics』(1850) 중 일부. 그가 말한 자유의 조건으로 그가 주장한 '동일자유원칙'과 맥락이 유사하다. 이 인용구의 사용이 그의 철학을 모두 수용함을 의미하지는 않음을 미리 밝히는 바이다.

*

며칠 뒤 은우를 인솔하는 날, 나는 은우의 엄마에게 내가 받은 시술이 말짱한 사람을 사이코패스로 만드는 것인지 공격적으로 물었다. 그녀는 혼이 없는 인형처럼 사무적으로 웃으며 그럴 일은 없다고 했다.

"사이코패스는 아무나 되는 줄 아나요?"

"남의 불행을 보고 웃는 게 이상하잖아요."

"잘 살피세요. 그 웃음은 남의 불행을 보고 나온 게 아니에요. 다른 지점이 있어요. 그걸 찾아주는 건 나의 역할이 아니죠."

"마지막의 이상한 글은 뭔데요?"

"라면에 들어 있는 건더기 스프라고 생각하세요. 전체적인 맛은 별로지만 건더기만큼은 꽤 공들여 만드는 제품이 있기도 하거든요."

"말을 좀 직관적으로 하면 안 돼요?"

"생각을 좀 다차원적으로 하는 건 어때요? 아, 어려서 안 되나? 흐흐. 농담."

여자가 준 컵 아래에 오렌지 음료의 침전물이 잔뜩 가라앉아 있었다. 머들러로 뒤섞으니 과육 덩어리들이 벌레처럼 둥

둥 떠올랐고 그걸 보는 내 마음은 무엇으로 섞어야 할지 의문스러웠다. 짐승 같은 웃음 아래에 가라앉은 '다른 지점'은 대체 무엇이란 말인가.

위기감을 회피하려 슬프기로 유명하다는 휴머니즘 다큐멘터리를 연달아 시청했다. 다행히 눈물이 흘렀다. 사이코패스로 변하지 않았다는 증명이었다. 타자의 삶을 보고 슬퍼하거나, 탄복하여 눈물을 흘리는 인간이 그런 병적인 상태로 정의되진 않을 테니까.

문제는 눈물이 멎은 후였다. 감정에 큰 허기가 져 다시 웃음을 찾았다. 여자가 준 링크를 복기하는 동안 내성이 생긴 나는 이제 무엇을 봐도 처음만큼 크게 웃지 못했다.

재미있게 본 드라마라면 480픽셀로밖에 제공되지 않아도 돈을 지불하는 사람들처럼, 링크를 처음 봤을 때와 동일한 강도로 웃을 수만 있다면 쓰레기 같은 걸 제공받는다 할지라도 돈을 낼 의향이 있었다. 침방울을 사방으로 튀기고 오직 즐겁다는 생각만 머리에 가득 차는 순간이 필요했다. 단발적인 기쁨은 쾌락에 가까웠고 몹시 자극적이었다.

자극은 중독을 불러일으키는 첫 번째 기제이며 그 역치가 높아질수록 갈망은 더욱 심해졌다.

더 큰 웃음.

더 큰 불행.

더 큰 뭔가가 필요했다.

문득 수원이 해준 이야기가 떠올랐다. 호주에서 한 손으로 운전을 하다 죽은 사람을 봤다고 했지.

관련 기사를 찾고 싶어 수원에게 요청했다. 그가 페이지 링크를 보내줬다. 빗길에서 차가 미끄러지는 바람에 맞은편 차량과 충돌해 한 남자가 즉사했다. 한국 출신 이민자로 평소 한 손 운전이 습관이었던 탓에 접촉 사고를 낸 적이 많았다는 부연 설명이 적혀 있었다.

형태를 알아보기 힘들 정도로 으깨진 차량 사진이 이어졌다. 빗물을 뚫고 피어나는 흰 연기가 생생했고, 호주 경찰들이 분주히 상황을 수습하는 장면이었다.

자연스럽지 않은 타이어 파손 흔적으로 타살 가능성이 있지 않느냐는 추측이 잇따랐다. 호주 경찰은 가족의 증언에 따라 주행자의 부주의한 운전 습관이 사고 원인인 것으로 종결….

뼈 마디마디가 찐 감자처럼 뭉개졌을 남자를 상상했다. 검은 머리와 검은 눈동자를 가진, 나와 동일한 민족성을 보유했을 그 남자를. 속절없이 척추가 으스러질 때 그는 어떤 비명을 질렀을까. 얼마나 아팠을까. 댓글이 보였다. 남자에겐 한국인 아내가 있다더라.

"으흐흐흐."

저항이 커질수록 불행이 깊어질까? 아니다. 그 반대다. 산 자를 망자로 단숨에 뒤바꾸는 죽음의 위용은 예고가 없을 때 더욱 커진다. 인간에겐 죽음조차 극복하려는 찬란한 의지가 있지만, 그 의지도 죽음이 허가해야만 발휘된다. 저항도 못하고 무력히 죽은 남자가 가련해서 웃음이 나왔다.

현명한 인공지능이 유사 검색어를 추천했다. 교통사고 현장, 사고 시체, 사고 장면 연출, 잔인한 사진이 줄을 이었다. 공포 영화 섬네일만 모은 것처럼 끔찍하고 두려운 세계가 아무런 필터 없이 등장했다.

클릭이 반복될수록 이미지는 점점 현실과 멀어졌다. 더는 누군가에게 실제로 들이닥친 불행이 아니었다. 얼굴이 여섯 조각으로 찢긴 시체의 형상은 섬세한 분장과 발달된 CG기술로 만들어진 것이지 실제는 아니었다. 연관 이미지로 뜬 유혈이 낭자한 공포 영화 스틸컷은 조악했고, 가짜라는 점이 여실히 드러났다. 즉 살아 있는 불행이 아니었다.

웃음은 계속 나왔다.

"흐하하하. 미치겠네."

현실에 발아된 끔찍함이 아닌 가상의 끔찍함을 보고도 웃음이 나온다는 점은 내 입장에선 다행이었다. 고어 사진 마니아 정도로 스스로를 포장할 수 있으니까. 죄의식을 느끼지 않아도 되었다.

음지의 세계로 내려가면 갈수록 인터넷은 더욱 다채로운 폭력들을 보여주었다. 도륙된 장기, 분절된 사지, 해체된 혈관. 도저히 인간에게 행해질 수 없는 잔혹함을 선망해 온 이들이 온라인 세계에는 많았다.

성인 인증과 실명 인증, 갖가지 인증의 망을 뚫고 나서야 남에게 인정받지 못할 쾌락에 젖어 사는 신세계인의 대열이 보였다. 그들은 방랑의 숙명을 받아들인 유목민처럼 양지의 검열을 피하며 끊임없이 중심지를 옮겨 다녔다. 이들은 뿌리가 없었기에 어떤 이방인도 배척하지 않았다. IP를 감춘 나를 동족으로 맞이했고, 인간이 상상할 수 있는 가장 끔찍한 자료들을 선물로 보여주었다.

그 모든 자료에는 죽음을 폭력으로 재현했다는 공통점이 있었다.

추악한 쾌락은 오래전부터 이 땅에 존재했던 것이다.

구역질이 나왔다. 화장실로 직행했다. 원래 나는 이러한 시각 자극을 견디는 여자가 아니었다. 이런 것들을 세상에 존재할 필요가 없는 불필요악으로 분류했고, 경험하면 안 되는 심연으로 간주했다. 공포 영화도 수위가 높은 것들은 의도적으로 피했다. 두 팔로 변기를 끌어안는 와중에도 자꾸만 웃음이 나왔다. 시큼한 액체가 입을 타고 추접스럽게 흘러내렸다. 속에 든 것을 산사태처럼 쏟아내니 안에서 기어 나온 게 액체가 아니라 거무죽죽한 구렁이처럼 보였다. 어쩌면 나는 정말로 구렁이를 뱉은 걸지도 몰랐다.

여태껏 숙주가 웃지 못하게끔 영혼을 옭아매고 숨통을 막았던 구렁이 말이다.

극심히 토한 탓에 알싸하게 조이는 배를 부여잡고 화장실 바닥에 누웠다. 타일은 차갑고 샤워 후 물기가 남은 상태라 불쾌했다. 그럼에도 비실비실 흘러나오는 침과 웃음은 통제 불능이었다.

확실한 건, 나는 미치지 않았다. 미쳐가고 있지도 않았다.

이것이 여자가 말한 '다른 지점'인 걸까?

*

정신을 차린 후 밖으로 뛰쳐나갔다. 뭔가를 실험해 볼 필요가 있었다.

두 번째로 방문한 25마트는 밤 10시임에도 사람이 많았다. 소금과 고춧가루를 300그램씩 구매했다. 포장지는 재활용이 불가한 합성 비닐이었다. 위생 인증 마크는 찾아볼 수 없었으며, 척 봐도 가루 입자가 곱지 못한 불량이었다. 대신 가격은 늘 사던 것의 절반이었다.

장바구니를 든 손님들이 손을 뻗어 같은 제품을 집어 갔다. 타성에 젖은 눈으로 할인율과 원 플러스 원을 탐색하는 그들의 식탁은 저급하고 불량한 먹거리로 채워질 테지만 통장 잔고만큼은 절약의 가호를 받아 성실히 자라겠지. 살뜰히 저축한 돈이 미래에 드높은 아파트 요람으로 다시 태어나리라. 콘크리트빛 성취를 위해 그들은 기꺼이 현재의 이로움을 포기했다.

그렇다면 과거, 정의감에 도취하고자 도덕적 소비를 한 나의 마음이 오히려 쾌락과 가까웠던 것일까. 형편을 고려하지 않고 정신적 만족만을 위해 선택한 것들은 단발성 기쁨이었을 뿐, 미래의 연속적 행복을 스스로 박탈하는 어리석음이었나.

세계를 위한 일이라 믿어 의심치 않았던 나의 지조는 공공의 것이었다. 반면 내 팔뚝을 스치며 지나가는 저 무수한 개미 떼의 행복은 지극히 사적이었다. 자본주의 사회가 독려하는 능동적 소비의 정점은 저들의 삶 자체였다.

25마트에 들어찬 소비사회의 먼지들을 보라. 자본주의 시스템 아래 소비란 높은 확률로 죄악이 됨에도 저들이야말로 먼 미래의 승자고, 나보다 잘살 인간들이었다. 정신적 쾌락이 우월하다는 믿음에 따라 움직인 나의 미래란 수원과 결혼하여 구질구질한 삶을 사는 것이고.

공공을 위하는 만족, 그것이 희생시키는 사적인 행복이야말로 도덕이라는 쾌락이 가진 양면이었다.

"저 사람들 평생 이해 안 될 줄 알았는데!"

무인 계산대의 바코드 음이 성스럽게 느껴져 무릎을 꿇을 뻔했다. 전면 기계화, 염가 판매. 이 모든 게 무수한 사람의 미래를 위해 필요했다. 비록 이것들이 정규직을 비정규직으로 바꾸고, 인간 사회에 기계문명의 침투를 허가하는 반인륜적인 행위라 할지라도, 결국 손님들의 주머니 사정을 위로해 주는 필요악이었다. 그것도 모르는 채 나는 그들을 모욕했고 나의 도덕을 그들의 미래 위에 올리려 했다.

소금과 고춧가루를 품에 안고 달아나듯 25마트를 빠져나갔다.

빌라에 도착해 보니 주차된 차 옆에는 어김없이 고양이 몫의 빈 그릇이 있었다. 길고양이 한 마리가 먹이 없는 그릇 바닥을 핥고 있었다. 302호 이웃에게 잠깐 내려오라는 문자를 보낸 뒤 고양이 밥그릇에 소금을 부었다.

"이제 여기 오지 말아줘."

고양이는 당연히 먹지 않았다. 수염을 씰룩거리며 하악질을 시작했다. 짐승의 몸은 털이 뾰족하게 솟은 바늘산으로 뒤바뀌었고, 등은 둥글게 말렸다.

녀석의 물그릇에도 소금을 부었다. 녹지 않은 소금 결정이 둥둥 떠다녔다.

"우리는 서로를 침해하지 않을 필요가 있어."

이 고양이 때문에 나는 주차할 때마다 눈치를 봤다. 차를 뺄 때도 번거롭게 그릇을 치워야 했다. 302호 이웃은 동네에 떠도는 유기견은 덩치가 크고 고양이를 물어 죽일 수 있다는 이유로 구청에 신고했다. 보호 센터로 이송된 유기견은 20일 뒤 안락사를 당했다. 반면 이 고양이는 살아남았다. 녀석은 나의 종아리를 할퀸 적이 있고, 타이어를 수차례 긁어서 무서웠다. 그래도 나는 구청에 신고하지 않았다. 고양이는 죄가 없으니까. 그건 절대적 사실이니까. 하지만 그렇다고 고양이를 사랑할 수 있는 건 아니었다. 이 고양이를 사랑하지 못해서, 사랑하는 척이라도 하려 노력했지만 그럼에도 이웃을 만족시키지 못한 나는 악인이 됐다.

정작 그녀는 안락사 당한 개를 걱정조차 하지 않는데.

평등 안에 불평등이 숨어 있다*는 조지 오웰의 함의는 틀리지 않았다. 인간을 포함한 동물들끼리도 완전한 평등을 실현하지 못하니, 다른 존재를 대할 때 배타적일 수밖에 없었다. 윤기 나는 털을 가진 저 고양이는 이웃에게 개보다 귀한 존재였다. 애정과 배척이란 인간의 눈에서 탄생하는 쌍둥이였다.

그렇다면 나 또한 나의 애정과 배척을 침해받지 않기를 원한다. 고양이는 연신 캭캭대다, 순순히 떠나주었다.

"단단히 돌았네!"

302호 이웃이 황급히 달려와 내 옆구리를 세게 밀쳐 넘어트렸다. 이렇게 될 줄 알았다.

고춧가루를 꺼냈다.

"사이코 같은 년! 고양이 괴롭히는 거 보여주려고 문자까지 했어? 내가 당장 신고할 거야. 쓰레기 같은 년이."

한 움큼 쥐고 나의 배척에게 뿌렸다.

"뭐 하는 짓이야!"

그녀가 입안에 들어찬 새빨간 가루를 퉤 뱉더니 코가 매운지 손을 휘적거렸다. 멈추지 않고 한 움큼 더, 두 움큼 더 고

---

* 조지 오웰이 지은 『동물농장』 중 "모든 동물은 평등하다. 그러나 어떤 동물은 다른 동물보다 더 평등하다"의 변형.

춧가루를 뿌렸다. 이왕이면 구멍이란 구멍이 다 채워지도록 얼굴을 향해 던졌다. 덩어리진 부분이 부딪힐 때는 작은 마찰음이 들리기도 했다.

"어때요?"

"이 미친년이!"

"중국산이래요."

"경찰에 신고할 거야!"

"하고 싶으면 하세요. 신고든 뭐든."

발악하며 격분하는 모습을 보고 폭소가 나왔다. '거야'에 맞춰 동그랗게 벌어진 입을 향해 고춧가루를 뿌렸다. 300그램이라는 양은 미운 목소리를 내뿜는 입 동굴을 꽉 채우기에 넉넉했다.

"내가 싫죠? 오늘부터 확실히 싫어해도 돼요."

"뭐?"

"애매한 건 별로잖아요."

여자의 인중이 허술하게 떨리는 모습이 보기 좋았다.

*

집으로 들어오자마자 현관 이중 잠금 장치부터 걸고 은주의 메신저 프로필을 보았다. 평소와 다름없었다. 은주는 휴가철 여행이나 생일 같은 특별한 일이 없는 한 프로필을 바꾸지 않았다. 내게 보이는 은주는 동전의 한 면 같은 존재였다.

전화를 걸었다.

"어, 영아야."

"뭐 하고 있어?"

"나 부업 중."

휴대폰을 귀에 댄 채 책상 앞에 앉아 은주의 블로그에 접속했다. 은주는 디지털 노마드 관련 영상을 본 이후로 NFT나 코인, 미디어 광고 같은 것들에 관심이 많았다. 블로그에 정보성 포스팅을 올리는 것으로 그녀는 매달 15만 원 정도의 소액을 벌었다.

"은주야, 너 그 부업, 하면 안 돼."

"왜?"

"에너지 오염에 기여하는 일이잖아. 데이터를 덜 생산해야 서버 관리에 소요되는 전기량이 줄어서 환경오염도 개선되지. 네가 제일 잘 알아야 하지 않니?"

"갑자기 전화해서 웬 뚱딴지같은 소리래."

"어째서 심각하게 받아들이지 않아? 여태껏 환경을 사랑하는 척만 한 거야?"

"대뜸 전화해서 왜 그래? 너 어제까지만 해도 내 글에 좋아요 눌러줬잖아."

"네가 환경오염에 계속 일조한다면 이제 눌러줄 수 없어. 조회 수도 안 올려줄 거야. 난 너를 위해서 얼마든지 유치해질 수 있어."

"너 어디 아파?"

전화는 그대로 끊겼다.

애정과 배척. 은주는 자신이 지킬 수 있는 것을 취사선택하고 있었다. 모든 걸 동등한 시각으로 대우하지도, 판단하지도 않았다. 그런데 어째서 그녀는 내게 그토록 깐깐히 굴었고 화를 냈고 힐난했으며, 나를 고개 숙이게 만든 것이지?

더욱 확실해졌다. 은주는 역시 내가 반성하는 모습들만 지나치게 좋아하는 것이야.

여태껏 나는 그걸 은연 중에 알고 있음에도 은주를 '옳은 사람'으로 뭉뚱그려 대우했다.

서로의 게시글에 좋아요를 눌러주는 관계라면 구린 것도 아닌 척 넘어가기 십상이다. 마땅히 모순적인 일을 해도 '너는 예외다'라며 눈감아 주는 것은 비겁보다는 어떠한 관용이었다. 나와 친밀한 사람에게는 참된 정의가 무엇이냐, 도덕이 무엇이냐 사력을 다해 왈가왈부하는 일보다야 밥 한술 더 물려주는 것이 나를 제법 아량 넓은 사람처럼 보이게 만들었으니까.

그래서 나는 쉬운 선택지를 택했다. 관계가 불편해지는 것보다 일상에 모순을 더하는 일이 쉬웠다.

같은 정당이라면 아무리 멍청한 소리를 해도 지지하는 정치인을 머저리다 욕할 필요가 없다. 친구가 장사하면, 아무리 바보 같은 물건이라도 좋다고 홍보해 주는 사람을 거짓말쟁이다 욕할 필요도 없다. 사람은 다 그렇게 살고 있다. 사람다움의 본질은 때때로 얄팍하다.

하지만 사과 씨를 심은 곳에서 오렌지 나무가 자라면 그것만큼 황당한 일이 없듯이, 기대로 쌓은 관계가 틀어질 때, 그때는 괘씸함에 배신감까지 추가되어 되돌릴 수 없는 적이 태어난다. 멍청한 소리까지 지지해 줬던 동료 정치인이 돌아설 때 가장 큰 적이 되고, 바보 같은 물건을 홍보해 줬던 친구가 돌아서면 가장 곤란한 민원인이 되는 것처럼. 나 또한 은주에게 그런 적이 되어주기로 했다.

나는 추락할 때도 단정치 못한 추리닝을 입고 싶다. 하지만 은주 너는 멋진 셋업 정장에 로퍼를 신어도 된다. 그냥 있는 그대로. 바닥에 떨어질 때는 꽝, 하고 아프기만 할 테지. 그때야말로 우리는 동등해진다.

나는 너를 존중할 수 있다.

단 네가 나를 존중할 때만.

*

주 5일. 햇살을 어정쩡하게 숨기는 햇살반에서 덜 자란 포유류를 따뜻한 손으로 어루만지며 퇴근 후 초대할 불행을 그리워했다.

은우는 간식으로 나온 오렌지를 무척 좋아했다. 옆의 아이 몫까지 뺏어 먹었으나 그냥 내버려 두었다. 서로 치고받고 싸우는 모습이 술에 취한 중년들의 멋없는 주먹질과 닮았다. 사람은 어리나 늙으나 비슷비슷한 모습으로 사는구나. 그런 쓸모없는 생각을 하면서. 희미하게 움찔거리는 입꼬리의 움직임을 만끽했다. 다만 원장이 또 한 소리 하기 전에 영양교사에게 오렌지 추가분을 부탁했다. 그녀는 여섯 조각을 덜어 주었다.

"마늘도 조금 남았는데 영아 선생님 가져가실래요?"

"식자재 함부로 반출하면 안 될 텐데요."

"어차피 당일에 소진하지 못한 농산물은 폐기가 원칙이라 괜찮아요. 혼자 사시잖아요."

영양교사는 마늘 한 줌을 비닐백에 담아 주었다. 나는 위가 약해 마늘을 먹으면 금방 복통을 호소했다. 아빠도 내가 마늘을 먹지 않기를 바랐다. 하지만 오늘의 나는 아빠가 알던 나와는 달랐다.

은우를 나루터에 데려다주자마자 차 안에서 생마늘을 씹어 먹었다. 세 개쯤 먹자 입에서 얼얼한 냄새가 진동했다. 집에 도착한 뒤에는 아빠가 고향에서 보낸, 마늘이나 파와는 절대 같이 먹지 말라던 한약을 들이켰다. 매달 나를 위해 보내는 이 쓸모없는 마음들. 먹기 귀찮아서 안 먹던, 쌓이다 못해 먼지 소복한 이 마음들. 아니나 다를까, 샤워를 시작하기도 전에 복부가 조였다. 위장이 절단되고 창자가 꼬이는 아픔. 침대 위에 엎드린 채로 괴로워했다.

어디 한번 제대로 아파봐야겠다. 프라이팬을 꺼내 삼겹살 두 줄을 올린 다음 받아 온 마늘을 전부 담았다. 익어가는 돼지고기 특유의 향에 침이 고였다. 삼겹살 한 점에 마늘 두 쪽을 더해 입에 넣었다. 아버지를 배신하고 사랑을 모욕하는 천박한 쾌감이 일었다. 속이 뻥 뚫려 내 안에 본 적 없는 구멍이 생겼다.

"맛있어, 너무 맛있어!"

자꾸만 웃음이 났다. 배를 부여잡으며 아파하는 동안 허벅지가 전율하는 기쁨을 만끽했다. 과거까지 지켜온 나 자신은 쥐도 새도 몰래 죽어버린 게 분명했다.

볼펜을 가져와 아픈 배를 꾹꾹 눌러 자극했다. 미칠 것 같았다. 이 안에 든 장기가 밧줄이라면, 이미 꼬일 대로 꼬여 풀 수 없을 만큼 망가졌다. 이 감각이야말로 내가 서 있는 곳이 천국도, 지옥도 아닌, 온몸이 망아지처럼 살아 날뛰는 현재라는 걸 인지시켰다. 살아 있다는 증거가 되어주는 고통. 주먹으로 배를 내려쳤다. 여자는 배를 소중히 여겨야 한다던데. 그럴수록 더 세게. 나의 힘으로 더 끔찍하게! 저질러선 안 된다는 금기마저 오직 나의 힘으로 해체해 버릴 거다.

살아 있다는 믿음. 이토록 선명한 자기 확신은 경험한 적이 없었다.

스스로를 이 꼴로 만든 게 무척이나 기뻐서 빠른 속도로 불안해졌다. 이 기쁨이 뇌에 새겨진 이상 두 번은 써먹지 못할 거다. 내일은 무엇으로 행복의 역치까지 도달해야 하는가. 쾌락이 커질수록 그 뒤편에 파인 구덩이의 깊이를 가늠하기가 어려웠다.

어쩌면 좋아.

어쩌면 좋으냐고.

그때 휴대폰이 울렸다.

*

잔뜩 화가 난 목소리의 은주는 안 그래도 해줄 말이 있다며 나를 불렀다.

그녀는 수원의 프러포즈가 실패로 돌아갔다는 소식을 들었고, 거절당한 수원보다 그를 거절한 나를 더 걱정했다. 은주와 만날 때는 늘 그녀가 사는 동네의 개인 카페에서 만났는데 이번에는 무슨 바람이 불었는지 내가 사는 동네까지 찾아와 주었다.

"그 오빠랑 결혼 안 할 거지?"

5년 전. 수원과 교제한다고 했을 때 은주는 세상이 참 좁다며 신기해함과 동시에 기분 나쁜 내색을 감추지 않았다. 그 얼굴은 현재까지도 크게 달라지지 않았다.

"해야지."

"프러포즈 거절했다면서?"

"거절했지."

"결혼, 쉽게 결정할 수 없다는 거 알아. 신중히 생각하는 게 좋다고 봐."

"그래도 하긴 해야겠지."

"아니, 안 해도 돼. 우린 아직 스물일곱이야."

SNS에 100일 기념사진을 올렸을 때보다 1주년 여행 사진을 올렸을 때 은주는 더 언짢아했다. 해가 넘어 2주년 여행을 가고, 3주년 외식을 했을 때도 은주는 지금처럼 나를 불러 앉혀 맹물에 소금을 태우듯 느린 속도로 맛을 드러냈다. 소금기가 귓가에 적정 농도 이상 감돌 때야 그녀의 의도가 아스라이 느껴졌다.

"그 오빠, 오래 만나기에 썩 괜찮지 않은 사람이야."

"넌 내가 결혼하지 않기만을 바라는구나."

"설마 너 아직도 내가 널 좋아한다고 생각하는 거 아니지? 그건 무례한 추측이야."

"또 네 위주로 말을 하네."

"내 위주?"

열아홉에서 스물로 넘어가던 겨울, 나는 은주의 고백을 거절했다. 고등학교 시절 3년 동안 묵은장처럼 익어간 그녀의 마음은 뚜껑을 벗기지 않아도 장독 밖으로 스며 나오는 향취 같았다. 하지만 오래됐다는 이유만으로 그녀를 끌어안을 수는 없었다.

은주는 착하고 좋은 사람. 정의롭고 진취적이며, 세계가 시계 방향에 맞춰 돌아가게끔 주변의 등을 밀 줄 아는 여자였다. 존중받아야 한다는 의미다.

그녀는 그녀를 존중하는 나를 좋아했다. 이 세계에는 부조리가 많고 메워야 할 틈이 많다고 말할 때마다 눈을 반짝이는 그녀를 내가 한순간도 허투루 담은 적이 없었기에. 나는 그녀의 세계를 기록하고 존경했다. 내가 25마트를 경멸하게 된 것도 그녀의 업적이었으며 인터넷 신문 기사 한 줄을 쉽게 외면하지 못하게 된 것 역시 그녀 덕이었다. 나는 은주가 가슴에 품고 있는 정의를 동경했다. 활활 타오를 줄 아는 정열이 내게는 없었기에 흉내를 내고 싶었달까.

그래서 그녀가 불편했다.

"며칠 전의 전화도 그렇고. 너 요즘 들어 이상해."

"뭐가?"

"영아야, 왜 내 말을 공격적으로 받아들이는지 모르겠어. 난 수원 오빠랑 같은 학교를 나왔으니까 너한테 어울리는 사람이 아닌 걸 알아서 이런 말을 하는 거야."

"알아. 5년 동안 반복했지."

"너는 몰라. 그 오빠가 오렌지 농장에서 일할 때 또라이라는 소문을 달고 다녔다는 걸."

"수원 오빠는 좋은 사람이야."

"나도 너한텐 좋은 사람이잖아. 아니야?"

은주는 내게 좋은 사람이 확실했다. 유일한 벗이자 유일한 길잡이였다. 무지한 나를 늪에서 일으켜 주고 까막눈이었던 내 세계에 지식과 정보를 전파했다. 은주의 성실한 도덕은 내 게으른 삶을 자주 비추었다.

은주는 모든 것을 사랑했다. 여자를 사랑하고 남자를 사랑하고 다른 사람도 사랑하고 부조리한 사회도 사랑하고 어긋난 균열도 사랑하고. 비난과 염세와 절망과 좌절까지 사랑하고, 혹은 사랑한다고 주장하고.

어쩌면 나는 그녀가 세상을 사랑하는 마음에서 태어났다.

"은주야. 네 눈에 좋은 사람의 기준은 뭔데?"

"왜 자꾸 공격적으로 말을 하지? 너답지 않게."

"너는 좋은 사람처럼 보이기 위해서 살아가는 거야?"

"난 오늘 너랑 골 아픈 얘기 하려고 온 거 아니야."

"수원 오빠가 만약 나쁜 사람이라면, 너는 오히려 그 오빠에게 고마워해야 해."

"무슨 개소리를 하는 거야."

멋지고 건강한 세계. 앞으로 비상하는 세계. 멍청한 나의 옷깃을 꽉 쥐고 절대 추락시키지 않으려는 세계.

그래서 나를 망쳐온 것들.

나는 점원에게 얼음 컵을 요청했다. 웃음이 즙처럼 새 나왔다. 사실, 오늘의 내가 은주의 말을 고분고분하게 듣지 않는다는 점에서부터 웃음을 참기 힘들었다. 가까스로 참고 또 참았다.

은주는 정의롭고 선한 아이인데. 이런 취급을 받을 만한 아이가 아닌데. 나는 쾌락을 위해 그녀마저 이용하기 직전이었다. 좀 더 알맞은 표현이 있을까. 우리의 관계는 웃음의 제물이 될 것이다. 그 연구소는 대체 나의 전두엽에 무슨 짓거리를 한 걸까. 미치지 않았고 정신이 명징했지만, 모두가 나를 미친 여자로 정의할 가능성이 컸다. 은우의 엄마가 시사한 '다른 지점'으로 하여금 나는 변해가고 있다. 말려주는 사람이 있으면 좋겠다.

아니, 절대로 없으면 좋겠다.

"영아야, 난 네가 걱정돼서 여기까지 왔어."

"거짓말. 걱정되는 게 아니라, 결혼으로 널 배신할까 겁이 나서 온 거겠지."

"참는 것도 한계가 있어."

"초조하잖아? 너."

은주의 얼굴에 물살이 일었다. 이목구비가 만들어 내는 곡선들이 초라해 마음 깊은 곳에서 붉은 기쁨이 솟구쳤다.

언젠가 은주는 결혼이라는 통속이 가부장제를 강화하는 저급한 행위임을 열변했다. 그 설명에 나는 대체로 공감했고,

결혼으로 파생되는 갖가지 기이한 고통을 피하고 싶다는 말을 덧붙였다. 예를 들면 고부 갈등이나 늙고 병든 남자의 병수발을 드는 일들. 술에 취해 깔깔거리며 술잔을 부딪던 우리는 입을 모아 혼인 제도를 규탄하자 외쳤다. 이것이 그녀에게는 어떠한 '결의'로 해석됐을지도 모른다.

사실 별생각 없이 한 말이었다. 술에 취했고, 비위를 맞춰주는 건 내 오랜 숙명이었고, 그때는 결혼도 무척 먼 이야기였으니까. 그렇게 말하면서도 이상형인 상대가 나타나면 뒤도 돌아보지 않고 결혼하겠다는 생각을 이미 그 자리에서 하고 있었다. 함께 나눈 다짐들 중에 내가 사력을 다해 지키겠다 맹세한 건, 따지고 보면 아무것도 없었다.

나는 처음부터 그런 사람이었다. '은주'와 친구가 되어도 내 본질은 바뀌지 않았다.

고백을 거절한 후 마음을 다쳤다던 친구를 잃지 않기 위해 자발적으로 고개를 조아리며 '을'로 살아갔던 건, 그냥 내 전두엽이 내린 결론이었다. 저 여자가 나보다 옳고 나보다 도덕적이고 나보다 정의로운 위치에 있으니, 마땅히 고개를 바닥으로 향하게 하라는 뇌의 지시. 그 지시에 복종하는 것이 그렇지 않은 것보다 '오영아'라는 인간의 가치를 좋게 유지한다는 걸 알고 있었다. 그래서 그랬던 거다. 전부 다.

난 한 번도 좋은 사람이었던 적 없어.

은주를 만나는 날에는 단어 하나를 고를 때도 조심해야만 했다. 온갖 검열과 망설임이야말로 우리의 관계를 순백색으로 덮어주는 단 하나의 베일이라 믿어 의심치 않았다. 상처 주지 않기 위해? 아니다. 내가 상처 입지 않기 위해.

"내가 결혼 얘기를 꺼내서 착각하나 본데 나 지금 애인 있어. 앞서가지 마."

"또 쉽게 헤어지겠지."

"지금 네가 무슨 망언을 하는지는 알아?"

"알아. 또 급하게 만난 사람이지? 한 반년 사귀다가 헤어지고 힘들어하겠지? 고백을 거절해 놓고 곁에 남아 계속 수원을 사귀어 대는 나를 원망하면서? 나 같은 여자는 죽었다가 깨나도 네 고통을 모를 거고, 순탄한 사랑만 할 수 있을 거라는 축복 같은 저주도 하면서 말이야."

"너는 나한테 그런 말을 하면 안 돼."

"너한테 하면 안 되는 말은 이것뿐이 아니지. 넌 마음만 먹으면 날 얼마든지 파렴치한으로 바꿀 수 있는 사람이잖아."

"너 평소에 나한테 대단히 불만이 많았나 보다?"

"너는 언제나 너만 정답이잖아. 그리고 너랑 일치하지 않으면 전부 너를 적대시하는 거라고 단정 지어버리지."

점원이 얼음 컵을 테이블 위에 올려놓았다. 나는 한 손으로 하관을 붙들고 헛소리하려는 스스로를 일단 제압했다. 슬슬 돌이키지 못할 선을 넘으려 했다. 하지 않던 말을 하는 일은 위험했다. 살아온 대로 살아가는 것이 모든 인간에게는 최선이었다. 시술 효과는 4주가 지나면 없어진다고 했지만 은주와 나의 관계는 수년 동안 연쇄적으로 이어진 관계였다. 이 관계는 쾌락이 아닌 장기적 행복으로 성장할 가능성이 컸고, 지속할수록 더욱 빛날 것이다.

은주의 정체성을 나보다 위에 놓고, 은주의 도덕심을 나보다 위에 놓고, 은주가 지향하는 모든 사회를 나의 세계보다 위에 놓고 경배하면 나는 그녀와 어떤 문제도 만들지 않게 된다.

도덕적으로 산다는 건 사실, 내가 할 수 있는 가장 멋진 회피였다. 탈출구를 내 안에 만들어 놓지 않고 은주처럼 멋진 세계에 두었다. 앞으로 도망치는 자들은 비겁하다 욕먹지 않으니까.

하지만 이제 나는 내 안으로 탈출하기를 원한다.

"야 오영아, 너 이제 보니까 개 같은 혐오 종자네. 네가 하는 말이 결국 나의 특성을 하나하나 혐오하는 거야. 알아?"

은주가 자리에서 일어났다.

은주는 아직 몰랐다. 사랑만 봐서는 사랑을 모른다는 점을. 진정으로 사랑을 논하고 싶다면 은주는 지금 여기에 있는 나를 조금이라도 더 봐야 마땅했다. 구정물이 존재해야만 호숫물이 맑다는 걸 알게 되듯 혐오가 이 세상에서 맡은 역할은 절대 소멸하지 않는다. 그녀의 사랑은 더러운 것들을 비난하면서 완성되니까.

"도망치지 마."

"도망치는 거 아니거든?"

"내 생각에서 도망치지 마. 나는 오직 너만을 싫어하는 거야. 그냥 내 눈앞에 앉아 있는 너를 개인으로서 경멸하는 거라고."

"너 정신머리 되게 이상하다. 무슨 소리 하는지 모르겠네."

"거짓말! 무슨 소리 하는지 다 알아먹었잖아. 나는 그냥 네가 싫은 거야! 너는 타인을 늘 단편적으로 보지만 정작 너 자신은 죽었다 깨나도 단편적으로 해석되기를 원하지 않아! 모순이라고 생각 안 해? 난 그런 네가 싫어. 네 환경, 네 가치관, 네 정체성 다 모르겠고 나도 그냥 단편적으로 너라는 인간만 싫어! 나를 구속하는 네가 내 인생에서는 최악의 존재라고!"

얼음 컵 안에 손가락을 넣었다.

"오영아, 말 심하게 한다? 그래. 수원 오빠랑 결혼해! 문제가 생겨도 절대 관여 안 할게. 친구로서 말린 거고, 친구로서 네 곁을 지킨 건데 이런 식으로 모욕당하니 정말 기분 좆같다."

"'좆같다'라는 말은 나쁜 말이야, 은주야."

"난 네가 마냥 착하고 좋은 친구인 줄 알았는데."

"은주야."

"넌 쓰레기야."

"은주야, 내가 부르잖아?"

"왜, 시발 왜!"

"'시발'도 나쁜 말이야. 너도 네가 바라는 사람에서 이제 탈락이야."

눈앞의 여자가 대답하지 않고 가방을 챙겼다. 이걸로 답은 확실해졌다. 악당으로 변하는 나는 그 어떤 사람에게도 사랑받지 못하리라. 나는 상냥하게 그녀를 불렀다. 은주야, 하고.

"내가 더 이상 착한 사람으로 살 수 없다면 넌 어떨 것 같아?"

환희는 그 비극을 받아들이는 순간에 극대화됐다.

컵에 든 얼음을 쥐어 은주의 콧대를 향해 던져버렸다. "악!" 은주가 코와 미간을 움켜잡으며 신음했다. 차가운 돌 세례를 받아 붉어진 피부가 매혹적이었다. 폭력으로 희생된 나의 우정이 신기해 한참을 들여다보았다. 이왕 이렇게 된 거 아예 컵도 던져버렸다. 얼음 녹은 물이 그녀의 머리칼을 적셨고, 판판한 셔츠 목깃이 질어졌다. "괜찮으세요?" 선량한 점원은 난동을 일으킨 우리에게 화를 내기보다는, 서둘러 마른 천을 가져와 은주를 닦아주었다.

"널 향한 내 마음은 항상 우정이 아니라 동정이었어."

폭발하는 기쁨을 반만 숨긴 채로 달아나듯 카페를 나섰다. 문을 열고 발을 뻗자 기차 화통을 삶아 먹은 웃음소리가 터져 사람들이 나를 쳐다봤다.

*

은주는 뇌가 집어삼킨 가장 맛있는 먹이였다.

다음 주, 한 달 후, 1년 후에도 그녀는 나에게 연락하지 않을 것이다. 친구라는 이름으로 지켜온 인간관계 중 나를 가장 자랑스럽게 만들었던 여자를 잃었다.

아쉬웠다. 트로피를 하나 잃은 느낌이어서.

내가 먼저 건 전화는 목소리에 닿지 못한 채로 신호가 끊어졌고, 메시지는 읽음 표시를 새긴 채로 무시당했다. 느껴야 하는 감정이라면 죄책감과 후회가 마땅했다. 하지만 느껴지지 않았다.

은주가 없으면 내게는 수원 말고 아무도 없었다. 나를 피곤하게 만들었던 것과 별개로 그녀는 날 물심양면으로 챙겼고, 심지어는 엄마의 기일까지 기억했다. 잃어서는 안 되는 관계였고, 영악하게 머리를 굴려서라도 연장해야 하는 관계였다.

만약 수원과 결혼을 한다면 은주는 나를 사랑했던 만큼 증오와 정을 담아 봉투를 채워줄 여자였다. 그걸 내 손으로 날려버렸다. 어리석어라.

하지만 천구天球를 짊어진 아틀라스도 까마귀에게 빌었을걸? 사랑하는 세계를 바닥에 내동댕이치게 해달라고.

시술을 받은 지 벌써 3주째였다. 퇴근하고 집으로 돌아오면 모니터를 온갖 끔찍한 형상들로 채우고 웃어보려 했다. 하지만 같은 유머를 두 번 듣고서는 재미를 느끼지 못하듯이 나를 기쁘게 했던 모든 폭력이 역치의 절벽 아래로 굴러떨어져 맥을 쓰지 못했다. 잔혹하게 참수된 육체를 봐도 흥미가 느껴지지 않았다. 기껏해야 코웃음 치며 피식거리는 정도였다.

그러다 상실한 은주를 생각하면 다시 웃음이 났다. 그깟 도륙 난 장기들과는 견줄 수 없을 만큼 소중한 인간이었다. 그녀와 두 번 다시 닿지 못한다는 걸 생각하면 부모가 가장 아끼는 화분을 깨버린 아이처럼 절망했다. 두 손으로 윗배와 아랫배를 감싸고 숨이 넘어갈 때까지 헐떡거렸다. 우는 건지 웃는 건지 분간이 어려울 만큼 눈가가 어그러지고 두 뺨은 경련했다.

은주를 잃어서 이제야 슬픈가?

아니었다. 나는 역시 슬프지 않았고 눈물도 나오지 않았다. 감격에 겨울 만큼 재미있었다. 절망 같아 보일지언정 이 괴란한 감정은 쾌락이 맞았다. 전두엽 주름 사이사이로 도파민의 축복이 이어졌다. 정신을 차릴 수가 없었다. 처음 기이한 사진들을 보고 행복감을 느꼈을 때보다 더 강렬했다.

물 한 컵을 마시고 고등학교 졸업 사진을 뒤졌다. 절대 되돌아가지 못하리라. 내가 저지른 패악이 관계 단절의 오롯한 원인이고 고립이라는 심판을 피할 수 없으리라는 걸 알고 있다. 이대로는 위험했다. 이를 자각하면 할수록 웃음이 더욱 거세졌다.

지금은 슬퍼야만 하는데. 그게 옳은데.

주먹으로 가슴 정중앙을 세게 치며 제발 슬픔을 느껴보라 스스로에게 애원했다. 무릎 꿇고 아무도 없는 거실에서 혼잣말로 빌어도 보았다. 찬물을 채워 옷을 입은 채로 머리 위에 그대로 쏟았다. 정신이 선명해질수록 역설적으로 웃음 또한 커졌다. 참 이상한 것이, 감동적인 영상을 보면 여전히 눈물이 나왔다. 그런데 정작 나에게 가장 슬퍼야만 하는 관계의 상실로는 눈물이 나오지 않았다. 마음의 용수철은 내가 원했던 만큼 튀어 올랐지만 그 방향은 지정이 불가능했다.

그렇다면 멋대로 튀어 오르는 이 감각이 바로 해방인가? 이것을 자유라고 말할 수 있나?

순간, 나는 웃음이 이끄는 종착역이 어디인지 알아버렸다. 그 깨달음은 죄악에 물든 악인을 향해 곧 너의 종말이 다가오리라 속삭이는 절대자의 암시처럼 은밀히, 나의 관자놀이 언저리에서만 맴도는 경고였다.

다시 한번 되새김질했다. 좋은 사람이 되고 싶었다. 좋은 애인, 좋은 친구, 좋은 교사, 좋은 사회구성체. 그러니 하루라도 빨리 돌아가야만 했다. 원래의 나로.

은주가 카페에서 했던 말 중에는 확인이 필요한 것도 존재했다.

*

스칼렛과 나 사이에는 이전에 없던 투명 아크릴 판이 설치됐다. 판 너머 그녀는 감옥의 죄수 같았다. 오랜만에 찾아온 내담자를 보고도 여유를 잃지 않는 모습이 가증스러웠다.

"하루라도 빨리 원래 상태로 돌아가고 싶어요."

"7일 남았어요."

"대체 뇌를 어떻게 바꿔놓은 거예요? 레이저로 뭘 지졌기에 이렇게 변하느냐고요! 미치겠어요. 이제 내 삶은 온전하지가 않아요. 끔찍한 일들을 겪어야만 웃음이 나고…."

"공통적인 변화입니다."

아크릴 판 아래의 얇은 틈으로 스칼렛이 문서를 내밀었다. 다시 봐도 뇌 사진과 학술 용어가 빼곡했고, 대부분 이해가 불가능했다.

혹시라도 미친 과학자의 변종 인류 생산 같은 프로젝트에 나의 뇌가 악용됐다면 어떡하지? 소중한 내 생명과 정신이 사이코의 손아귀에 놀아났다면? 이제는 스칼렛이 말한 4주라는 기간도 신뢰할 수 없었다.

"우리는 전두엽의 극히 일부만 건드렸어요. 사실이고, 문서에도 나와 있으며 변함이 없어요."

"알아듣게 설명해요."

"레이저로 손을 본 건 오직 NAc 자극체*뿐입니다."

스칼렛이 오른쪽 벽면에 설치된 스크린으로 영상을 송출

* 전두엽의 중격핵nucleus accumbens.

했다. 전두엽 특정 부위에 빨간 동그라미가 쳐졌고 어떠한 물질이 생성됐으며 전기신호처럼 뇌의 각 부분을 타고 이동했다.

"우리의 말과 행동은 NAc의 선택입니다. NAc가 문 앞에 대기 중인 도파민과 글루타메이트의 총량을 판단해 모든 결 결정합니다. 어떤 물질이 우세하느냐에 따라 정서가 바뀐다는 뜻이죠. 도파민이 우세하면 기쁨을 느끼며 행위를 지속해요. 글루타메이트가 우세하면 통제 욕구를 느껴 행위를 멈춥니다."

로봇처럼 설명하는 그녀의 눈은 다소 지쳐 보였다.

아크릴 판을 주먹으로 거세게 두드렸다. 곰이 철창을 두드릴 때나 나는 소리가 났고, 스칼렛은 의자 등받이에 몸을 푹 밀어 넣고선 팔짱을 꼈다. 이 공간과 밖을 연결하는 문은 내 등 뒤에 있으며 그녀의 뒤로는 좁은 여백이 전부였다. 협소한 공간에 갇힌 사람은 내가 아니라 그녀인데도 어째서 저런 여유가 나오는지.

"뇌가 고장 난 사이코로 만들어 놨군요. 당장 돌려놔요."

"다시 말씀드릴게요. 하나, 당신은 7일 후에 원래대로 돌아갑니다. 둘, 사이코가 된 게 아닙니다."

"그러면 시발, 지금 내가!"

"글루타메이트 수용이 비활성화된 겁니다."

스칼렛이 마우스를 딸칵거리자 화면 속 이미지가 수차례 바뀌다 멈췄다. 대조군 1번, 대조군 2번, 실험군으로 분류된 뇌 사진 세 개가 일렬로 나타났다.

"대조군 1번은 범죄자, 대조군 2번은 일반인, 실험군은 영아 씨와 같은 피실험자의 전전두엽입니다. 차이가 보이시겠죠."

대조군 1번과 대조군 2번의 전전두엽 활동은 동일한 반면, 실험군은 달랐다. 세 개의 범주 중에서 차이를 보이는 건 오직 실험군뿐이었다.

"대조군 1번과 실험군의 차이를 보세요. 당신의 뇌는 범죄자의 것으로 바뀌지 않았어요. 애초에 범죄자의 뇌 반응에 있어 우리가 시술로 조작한 부위가 절대적인 의미를 가진 건 아니니까요. 그들의 성질은 다른 부분을 통해 종합적으로 만들어지며, 그건 이 실험의 연구 대상이 아닙니다. 우리가 당신을 사이코로 만든 적이 없다는 걸 의미합니다."

"하지만 실험군은 분명 뇌 활동이 달라졌잖아요?"

"맞아요. 당신이 사이코가 됐다는 건 틀린 말이지만, 그렇다고 여타 일반인과 동일성을 유지하고 있다는 말이 옳다는 것도 아니죠."

숨이 가빠 왔다. 스칼렛이 지껄이는 말이 뇌에 스며들어 나의 인지력으로 천천히 소화되기까지 기다리고 싶지 않았다. 직관적으로 이해되기를 바랐다. 그녀는 더 이상 짜증 나는 말을 삼가고, 확실하게 이야기할 필요가 있었다.

지금 내가 당신을 죽여버리기 전에.

스칼렛은 아크릴 판을 주먹으로 깨부수려는 나를 향해 못 참아주겠다는 얼굴로 소리쳤다.

"글루타메이트 수용만 제한됐다니까요?"

"제발 좀 쉽게!"

"통제요, 통제라고요!"

두피에 꽂힌 모근 하나하나가 탄산수로 젖어드는 듯 쾌청한 감각. 온몸에 전율이 일고 손가락 마디에 난 털마저 쭈뼛섰다. 그 지점. 내가 이미 예측해 온 그 '다른 지점'이 스칼렛의 입에서 나오고야 말았다.

"영아 씨. 당신은 이 시술로 4주간 스스로 어떤 통제도 하지 않는 상태로 살 뿐입니다. 뇌가 당신을 나쁘게 만든 게 아니라, 당신이 갈망했던 자유가 지금의 상태라는 뜻입니다. 태초에 영아 씨가 보유했던 본능적인 정서가 지금의 정서예요. 아시겠어요?"

"나는 시술을 받은 후에도 직장 생활을 했고, 친구를 만났고, 해야 할 일들을 했어요. 그런데 자유는 무슨 자유!"

"아뇨. 그러한 행위들은 영아 씨의 일상에서 족쇄로 작용한 적이 없습니다. 최소한의 생존을 위해 마땅히 영위해야 하는 필요 과업으로 인식됐을 뿐이죠. 숨 쉬는 일이 번거로워도 멈추고서는 살 수 없는 것처럼요. 당신이 통제해 온 것들은 추상적이고 광활한 정서의 영역. 좋은 일을 하고, 좋은 말을 하고, 좋은 관계를 유지하고, 사회적으로 용인된 가치만 추구하는 것들입니다. 당신은 그걸 지키기 위해 스스로를 부단히 통제했고, 그 기능이 무척 발달한 여자였습니다. 우리는 그 일을 잠시 멈추게 했어요. 7일 후면 당신은 그때처럼 통제력이 강한 여성으로 회귀할 겁니다."

"원래대로 돌아간다고요?"

"네. 몇 번이나 말했잖아요! 아직도 이해하지 못하겠어요? 당신은 다시 죄책감을 느끼는 여자가 된다니까요?"

스칼렛은 말귀가 어두운 내담자와 더 입씨름하기 싫다는 듯 한숨을 쉬고 오른편의 빨간 버튼을 눌렀다.

"상담 끝났으니 가보세요."

나는 비척거리며 일어났다. 미친 듯이 판을 두드리느라 새빨갛게 부어버린 손날을 바라보았다.

5

시술의 효능이 보증되는 마지막 날이 왔다.

은우는 여전히 문제가 많았고 좀처럼 참을 줄을 몰랐다. 급기야는 자신을 마일로라 부르지 않는 원생의 얼굴을 할퀴기까지 했다. 지수의 오른쪽 눈썹 뼈 언저리가 손톱의 경로를 따라 파였고, 피가 고였다.

어린아이의 감자 같은 뒤통수를 느린 속도로 쓰다듬으며 노곤한 눈빛으로 달래보았다.

"지수야, 악을 쓰면 상처가 더 벌어져."

"빨리 은우를 혼내주세요!"

또 한국 이름으로 불린 은우가 옆에서 길길이 날뛰었다. 소란을 듣고 끝내 원장과 옆 반 교사까지 햇살반으로 들이닥쳤으나 나는 좀처럼 다급해지지가 않았다. 그들은 나를 대신해서 은우의 두 팔을 포박한 다음 호통을 쳤다. 은우는 어른의 훈계로 다스려질 아이가 아니었다. 나는 원장에게 입 모양으로 힌트를 줬다.

'마일로, 아임 소리.'

원장이 마일로란 이름을 수차례 외치자 은우는 겨우 진정하고 바닥에 주저앉았다. 그도 지수처럼 큰 소리로 엉엉 울며 왜 자꾸 싫어하는 이름으로 부르냐고 서러워했다. 그 모습을 보자 흐릿한 미소가 나왔다.

어쩌면 은우는 나보다 먼저 내가 바라던 지점에 도달했던 걸지도 모른다.

"선생님."

흐느낌을 멈춘 지수가 나를 바라봤다. 작은 아이의 얼굴에 보기 드문 차가움이 내려앉았다. 아이는 검은 고양이와 같아서 말하지 않은 비밀까지도 모두 알아차린다지. 이 아이도 내게 드리워진 베일을 보고 있을까.

"왜?"

"저 아파요. 호 해주세요."

나는 지수의 손에 물티슈 한 장을 쥐여줬다. 이러면 안 되는데. 내가 해야 할 일은 아이의 얼굴을 자상하게 닦아주고 은우를 대신해 사죄하는 일인데. 내 안의 어떤 내가 창살 속에서 옳은 선택지를 계속 읊었으나 거대한 바깥의 나는 그녀의 말을 듣지 않았다.

스칼렛을 만나 모든 걸 알게 된 후에도 마음이 오락가락했다. 정확히 말하자면, 뇌가 오락가락하는 것이겠지. 원래대로 돌아가야 함을 알고 있으면서도 끝내 창살 속 해묵은 나의 부르짖음을 외면하고 싶었다.

"우리 지수는 손이 없어?"

지수는 은우를 훈계하느라 여념이 없는 원장과 옆 반 교사, 그리고 나를 번갈아 바라보았다. 아이는 작은 어른. 충분히 영악하게 변할 줄 아는 존재였다. 지수는 은우를 향한 원통함을 나를 향한 미움으로 치환했다.

숨을 들이쉰 다음, 폭탄을 터뜨리듯 울음을 토했다.

"유 네일드 잇."

목청으로 화산을 폭발시키는 아이의 귓가에 산들바람을 불었다. 나지막이 약 올리자 지수는 참지 못하고 발을 동동 구르며 악을 썼다. 은우의 기쁨은 이것이었구나, 감탄할 수밖에 없었다.

지수는 하원한 지 한 시간 만에 부모와 함께 유치원으로 복귀했다. 상처에 깜짝 놀란 지수의 아빠가 원장을 드잡이하는 동안 나는 햇살반 문턱 위에 가만히 올라서 시끄러운 풍경을 관망했다. 5시가 되길 기다리던 은우 또한 내 옆에 꼿꼿하게 서서는, 어른들의 난잡한 춤을 구경했다.

울며 소리 지르는 지수의 엄마와 폭력으로 응징하려는 아빠. 그 사이에서 은우를 손가락질하며 감정의 끄나풀까지 모조리 내보내는 지수. 퇴근 준비를 하던 옆 반 교사가 봉변을 맞은 얼굴로 112에 신고하려 했고 나는 그녀의 휴대폰을 재빠르게 뺏었다.

“그냥 둬요. 저렇게라도 화를 푸셔야죠. 원장님의 몫입니다.”

“선생님, 이렇게 태평해도 돼요?”

“얼른 퇴근해요.”

그녀에게 가방을 안겨주고 후문으로 등을 밀었다. 퇴근할 상황이 아님을 알면서도 칼퇴근의 유혹을 뿌리치지 못한 동료는 잰걸음으로 달아났다.

원장이 무릎을 꿇고 치료비를 부담하겠노라 선언했다. 부부가 쌍으로 은우를 손가락질하며 저 아이 부모의 사과를 듣지 않으면 절대로 가지 않겠다고 으름장을 놨다. 원장이 머리를 신발에 닿을 듯 고꾸라지게 박으며 아이들의 철없는 행동을 용서하라 호소하니, 한참 후에야 그들은 제풀에 지쳐 돌아갔다. 마지막까지 고개를 꺾어 우리를 바라보던 지수의 그림자가 사라지자 원장이 무시무시한 속도로 내 코앞까지 다가왔다.

"영아 선생님, 정말 뻔뻔하시네요."

"고생 많으셨어요."

"많았지요! 영아 선생님이 애들 간수를 못해서 제가 체면이 깎이는 짓을 당했잖아요. 옆에서 거들어 주지도 않고!"

"원장님만 해결할 수 있는 일이라고 생각했어요."

나의 무던한 대답이 원장의 전의를 모조리 앗아 갔다. 그녀가 더러운 날벌레를 보는 표정으로 불쾌를 나타냈다.

"영아 선생님 요즘 들어 좀 이상하네요."

"그런가요."

"애들이 싸우는데 말리지 않고 가만히 구경하지를 않나, 애가 피를 철철 흘리는데 직접 닦으라고 하지를 않나, 요 몇 주 동안 학급일지도 성의가 없고요. 복권이라도 당첨됐어요?"

"아뇨."

"이 일에 책임감을 느끼지 않는 건가요?"

그녀의 말을 듣고서야 머릿속, 금이 간 전구의 필라멘트에 불이 들어왔다. 이제야 모든 게 환해졌다. 나는 정말이지 세계를 조금도 사랑하지 않았던 것이다.

과연 인간은 감정을 칼로 무 자르듯 분할할 수 있을까. 나의 마음에서 테두리를 이루던 추상들이 난잡하게 쏟아져 나왔다. 과거에 내 마음은 고체였다. 라벨을 붙이고, 적합한 시기와 장소를 골라 제자리에 보관해 뒀다. 적시 적소에 꺼내 쓸 수 있게끔. 그러나 스칼렛이 전두엽을 건드린 순간 그 모든 고체들이 액체로 바뀌어 한데 모였다. 기쁨이 고통과 섞이고, 분노가 슬픔과 뒤엉켰다. 나는 이래도 좋고 저래도 좋은 사람. 그래서 이래도 고통스럽고 저래도 저주스러운 사람. 무엇이 무엇인지 도통 구분하지 못하는 상태가 돼버렸다.

나는 분명히 원래대로 돌아가야만 했다. 친구에게 상처를 주고 죄 없는 아동에게까지 못되게 굴었으니까. 하지만 감정의 구획이 허물어졌다는 걸 인지한 순간, 이 찬란한 혼재를 더는 누리지 못하게 될 미래가 두려웠다. 오늘이 지나면 하나로 모인 감정들을 다시 떼어내 창살 뒤에 감금해야만 했다. 일일이 때와 장소에 맞게 꺼내 쓰는 번거로움을 견딜 수 있을까.

만약 내가 주변인을 해치고 상처 주는 일마저 감당하게 된다면 나는 원래의 상태로 돌아갈 필요가 없을지도 모른다. 그런 내 모습을 상상했다. 도파민이 봇물 터지듯 흘러나오고, 입안 가득 침이 고였다. 반드시 행복해질 수 있을 거라는 확신이 선명했다.

허망하기도 했다. 그토록 소중히 지켜왔던 '통제'란 내게 무엇이었나. 그것이 내 세계의 종교였다면 자유는 내 세계의 구세주였다.

"영아 선생님 대체…."

더 이상 원장의 말 따위는 들리지 않았다. 스칼렛에게 전화를 걸었다. 수신음은 연결되지 않았다. 확인하니 연구소가 문 닫을 시간은 이미 지나 있었다. 깨우친 자에게 내려진 동아줄은 오늘의 달이 뜨면 그와 함께 영영 자취를 감출 것이다. 나는 아직 구세주를 어떻게 배웅해야 하는지 배우지 못했다.

참수될 자유에게 등을 돌리고 싶지 않았다. 좀 더 오래 보존할 방법이….

"영아 선생님, 내 말 듣고 있어요?"

"원장님, 5시 넘었네요. 가볼게요."

"내가 말을 하고 있잖아요?"

"내일 뵙겠습니다."

"영아 선생님!"

서둘러 은우를 조수석에 태우고 시동을 걸었다. 분개한 원장이 차 문을 잡고 억지로 열려 했으나 그대로 액셀을 밟았다. 원장은 바닥에 널브러지며 굴렀고 발목이 까져 피가 철철 흘렀다.

은우는 이런 어른을 낯설어하지 않았다.

"나를 마일로라고 부르지 않는 애들이 다 나쁜 거예요."

"그럴지도 몰라."

턱을 괴고 창밖을 바라보는 아이의 옆모습이 오늘따라 달라 보였다. 저 아이도 검은 고양이의 영혼을 품고 있겠지. 은우야말로 처음부터 모든 걸 알고 있었을지 모른다. 이 아이는 나를 비정상적으로 웃게 만든 첫 번째 저주였으며, 아는 걸 결코 다 표현하지 않는 어린 어른이었으니까.

"마일로, 물어보고 싶은 게 있어."

은우는 나를 향해 고개를 돌리지 않은 채로 이어지는 말을 기다렸다. 마침 빨간불이 켜져 신호를 대기하는 동안 차분한 목소리로 물었다.

"왜 내게 '유 네일드 잇'이라고 말하는 거야?"

"선생님이 그 말을 들으면 웃을 것 같아서요."

"네 아버지가 자주 해주셨던 말이니?"

"아뇨. 전 아빠 얼굴 몰라요. 본 적 없어서."

신호는 파란불로 바뀌었다. 아버지의 얼굴을 모른다는 소년의 옆태를 눈으로 훑었다. 깔끔하게 똑 떨어지는 어린 콧대가 제법 아름다웠다.

"엄마가 그랬는데요, 아빠가 처음으로 들은 칭찬이었대요. 일터에서 적응하지 못하고 늘 힘들어했는데, 유일하게 일을 잘 처리한 날, '유 네일드 잇'이라는 칭찬을 듣고서 아빠는 정말로 기뻐했대요. 불가능한 걸 이뤄낸 것 같았대요. 내가 태어나면 나한테도 그런 칭찬을 많이 해주라고 하셨대요. 그래서 엄마는 제가 평소보다 용감한 행동을 할 때 그 말로 칭찬해 줬어요.

"호주 사람들은 회사에서 그런 말로 서로를 칭찬하는구나."

"아빠는 회사 안 다녔어요."

"그러면?"

"농장에서 일했대요."

*

나루터에 진열된 빵의 개수가 유독 적었다. 원래 사용하지 않던 할인 스티커가 곳곳에 붙어 있었다. 아무래도 장사가 되지 않으니 어쩔 수 없겠지. 하지만 그런 건 이제 상관없었다. 은우의 손을 평소보다 세게 끌고 여자에게 쥐여줬다.

"선생님, 내일부터는 하원 보조 안 해주셔도 돼요."

"저 물어볼 게 있어요."

"그럼 커피 한 잔 내려 올게요."

여자는 모든 걸 다 안다는 눈빛으로 팔짱을 끼고선 느긋하게 커피 머신을 조작했다. 계산대에 놓인 앙상한 자코메티의 레플리카 조각상이 그녀를 대신해서 나를 마주했다. 영혼이 거세된 조각상. 눈을 마주치는데도 살가움이 느껴지지 않았다. 조각상은 눈동자만 파였을 뿐 진실로 나를 보고 있지 않았다.

은우는 저녁으로 먹을 빵을 고르다 오렌지 파운드케이크 앞에서 멈췄다. 저 아이는 언제부터 오렌지를 좋아하게 된 걸까. 분홍색 혓바닥 위에 수차례 굴러다녔을 오렌지 과육을 상상했다. 오렌지가 꽃처럼 만발한 호주 농장, 누군가의 땀, 기억, 시간. 숨이 가빠 왔다. 미쳐버릴 것 같은데, 지금 내가 추측하는 게 감히 진실이라고 확신할 수 없었다. 그러고 싶지 않았다.

이건 무의미한 기우이고, 모든 게 억측일 뿐이겠지.

아마도 오렌지색 덫이리라.

"빵도 드시겠어요?"

동의하기도 전에 여자는 이미 파운드케이크를 트레이에 담았다. 테이블에 커피 잔과 접시, 칼을 연이어 내려놓았다. 원하는 크기만큼 썰어 먹으라는 배려였으나 식욕이 없어 커피만 내 쪽으로 끌어왔다.

나는 예민해지고 있었다. 몸 상태가 점점 나빠졌다. 수원에게 문자를 보냈다. '공영 주차장으로 와. 대신 운전 좀 해줘.' 수원은 곧바로 알겠다는 답신을 보냈다.

여자와 마주 보고 앉아 커피를 들이켰다. 산미가 높아 목 넘김이 깔끄러웠다.

"내일이면 원래대로 돌아가겠네요. 기분이 어때요?"

"그것 때문에 왔어요."

"이제야 내가 해줄 말이 있겠군요."

"왜 나를 스칼렛에게 연결한 거죠? 내가 모르는 뭔가가… 있는 거죠?"

"네."

여자는 조금도 망설이지 않았다. 은주에게 한 것처럼 여자에게도 얼음을 던져버릴까? 아직은 일렀다. 여자는 편안한 시선으로 나를 예의 주시했다. 오만한 태도를 지적하고 싶었지만 나루터에서 나의 의지는 아무런 소용이 없음을 알고 있다. 여기에선 얼음을 요청할 수 없는 것부터가 그러했다.

"나는 이제 어떻게 되는 거예요?"

"스칼렛이 말하지 않았나요? 원래대로 돌아가요. 여태껏 그 시술을 받은 사람 중에 효능이 초과 지속된 사람은 없었거든요. 스칼렛은 함께 일했을 때 무척 유능한 뇌신경 전문의였죠. 내가 센터를 퇴사한 지금까지도 그래요. 그보다 먼저 자신에게 물을 게 있지 않나요?"

유사한 질문, 비슷한 대답. 목이 바싹 타들어 갔다. 그녀가 빵을 썰어 입에 넣었다. 우리의 대화는 길어질 게 분명했다.

"나 자신에게 물을 게 있다니요?"

"돌아가고 싶은지 아닌지요."

"혼란스러워요. 이 시술 덕에 여태껏 해본 적 없는 일들을 저질렀어요. 나는 그 어느 때보다도 행복했고, 해방감을 느꼈어요. 하지만 이대로 살아가는 건 곤란해요. 주변 사람을 모두 잃고 직장까지 잃게 될 거예요. 내가 바라던 모습도 잃어버릴 거고요. 이 시술 때문에 나쁜 사람이 됐어요. 분명 더 나은 사람이 되게 해준다고 했잖아요!"

"더 나은 사람이 된다고 했지 좋은 사람이 된다고 한 적은 없어요."

"제발! 마지막 날이니까 오늘만큼은 쉽게 얘기해요."

"어려운 말은 한 적 없어요. 말 그대로, 지금의 영아 씨가 과거의 영아 씨보다 나은 사람이라는 뜻이죠."

"스칼렛은 통제의 관점에서 내 상태를 설명했어요. 당신도 통제하지 않는 내가 통제하는 나보다 낫다고 말하는 건가요?"

옆 테이블에서 파운드케이크를 먹던 은우가 컥컥거리며 주먹으로 가슴팍을 두드렸다. 여자는 일어나 두유 한 컵을 준비했다. 은우가 곧장 받아 마시고 안도의 숨을 내쉬더니 평온한 얼굴을 되찾았다. 여자는 은우에게 카드 하나를 쥐여주곤 25마트에서 간식을 사 먹으라 지시했다.

철없는 아이가 즐거워하며 가게에서 퇴장했다. 이제 여자와 나만 남았다. 나는 그녀를 향하는 시선을 경멸로 채웠다. 여자는 턱 끝으로 통유리 너머의 저급한 마트를 가리켰다.

그녀는 분명 웃고 있었다.

"저 가게도 내 거예요."

"예?"

"25마트는 내 본성, 나루터는 내 껍데기. 근데 여기는 이제 재미가 없어져서 접으려고요. 오늘 남은 빵, 몽땅 가져가도 좋아요."

"어떻게 나루터를 운영하면서 저런 가게를…."

"통제와 해방은 짝꿍이라 함께 있을 때 더 빛나거든요. 뭐든지 균형이 존재해야만 극단으로도 치달아 볼 수도 있지요."

길을 사이에 두고 나비 날개처럼 양면으로 펼쳐진 두 마음이 모두 한 여자의 것이었다. 뒤늦게 이해가 됐다. 나루터가 손님에게 사랑받지 못함에도 여자가 조급해하지 않았던 이유를. 여자는 전부 다 갖고 있던 것이다.

그럼 이 여자는 장사치인가 아닌가. 사기꾼인가 예술가인가. 혹은 양단의 마음으로 고객을 희롱하며 하나동을 분열시키는 미꾸라지인가. 통합을 이뤄낸 중재자인가. 25마트를 앞에 두고 나루터에서만 빵을 구매하겠노라 다짐했던 나의 지난 마음이 아주 우스운 꼴로 전락해 버렸다.

여자는 완벽한 균형을 완성했다. 선함과 악함을 동시에 전시하여 어느 쪽으로도 인생을 내던지지 않았다. 배덕과 도덕의 중앙에서 줄타기하는 인간은 흔치 않은데, 스스로를 통제하고 동시에 해방을 누린다는 이율배반적인 상태를 완성했다. 그건 아무도 모르는 자유의 왕국이었다. 정문과 후문이 하나의 원통처럼 이어져 있어 입구와 출구가 불분명하나, 따지고 보면 입출구를 나눌 필요가 애초부터 없었다.

여자의 말대로 통제와 해방이 짝이라면 입구가 곧 출구였다.

"영아 씨는 이제 통제와 해방이 무엇인지 모두 알게 됐어요. 하나를 알고 하나를 모르는 사람보단 둘을 모두 아는 게 훨씬 나은 사람이죠."

"원래대로 돌아가면 그때에도 자유를 누릴 수 있을까요?"

"이제야 내가 말해줄 수 있는 게 나왔군요."

여자가 파운드케이크를 직접 썰어 아직 비어 있는 내 앞접시에 올려주었다. 나는 그녀의 손에서 만들어진 음식을 받아먹을 생각이 없었다.

"내일부터 영아 씨는 통제 기능이 발달한 원래의 모습으로 돌아갑니다. 도덕적이고, 평화적이고, 원칙적으로 살겠죠. 다만 자유가 주는 기쁨을 아는 채로 돌아갑니다. 지금까지 느꼈던 희열을 갈망하면서도 두 번 다시 그때처럼 행동하지 못하는 불행을 겪을 것이고, 그 불행을 지켜감으로써 당신의 도덕성은 비로소 완전해집니다."

"안 돼요. 차라리 기억을 지워주세요. 쾌락을 기억하는 채로 그리워만 하면서 살고 싶지는 않아요!"

여자가 자리에서 일어나 계산대에 놓인 조각상의 팔을 쥐었다. 힘을 조금 주니, 어설픈 레플리카의 팔 따위는 뚝 소리와 함께 부서졌다.

여자가 부서진 팔을 내게 내밀었다.

"이 팔 조각이 의미가 있을까요?"

"부서졌잖아요? 저도 그런 쓰레기가 될 거라고 경고하는 건가요?"

"이걸 보면 무슨 생각이 드세요?"

"조각상에서 팔만 덜렁 떨어져 나왔으니 곧 버려지겠죠!"

"우리는 이 팔 조각을 봄으로써 조각상 전체의 모습을 상상해요. 〈디에고〉를 다시 보지 않아도, 이 팔을 보면, 몸통에 이 팔이 붙어 있던 온전한 〈디에고〉가 그려지거든요. 그러니 이 부서진 팔은 그 자체로 전체적이고, 그래서 사회적입니다."

나는 웬 헛소리를 하는 여자의 손을 신경질적으로 밀쳤다. 부서진 팔이 바닥에 떨어졌지만 여자는 줍지 않았다.

끔찍했다. 맛본 기쁨을 평생 그리워만 하면서 살 거라니. 침이 쏟아져 나올 만큼 쾌락적이었던 배덕의 맛을 잊을 수 있을 리 없었다. 나는 그 상태를 다시 경험하길 갈망할 것이다. 과거의 나는 선한 남자를 억지로 사랑하고, 환경을 끔찍이 아끼고, 두려운 짐승에게도 손을 내밀고, 불편한 친구를 곁에 두고, 아동을 사랑하는 체하는 여자였다. 그때로 돌아간다면 다시는 일탈을 시도하지 못할 게 분명했다. 그때의 나는 부서지지 않기 위해 끝까지 조각상에 붙어 조화를 완성하려 했던 하나의 팔이었다. 의심할 여지 없이 나라는 존재는 곧 사회이고, 전체였다.

하지만 떨어져 버린 나도 하나의 팔이라는 건 변함이 없는데?

심장이 쇠사슬로 꽁꽁 묶였다. 미래의 나를 생각하면 숨이

턱턱 막혔다. 유리를 깨트릴 수 있을 만큼 커다란 괴성을 내질렀다. 머리칼을 쥐어뜯으며 괴로워했다. 눈에 보이는 것을 몽땅 집어던지고, 커피 잔을 깨고, 칼을 휘두르고, 나체로 춤을 추고 싶었다.

이건 나의 딜레마였다. 자유와 해방은 짝이지만 나는 여자처럼 줄타기를 할 만한 능력이 없었다.

자유는 내게 낯선 폭력이고, 통제는 익숙한 폭력이었다. 둘 다 나를 어떤 식으로든 다치게 하는 건 마찬가지였다. 그렇다면 조금이라도 익숙한 악마에게 어깨를 내주는 게 삶을 지킬 가능성이 높았다. 그걸 알고 있음에도 나는 여자에게 시술의 유효기간을 연장하는 방법을 묻고 싶었다. **원래대로 돌아가야 함을 알지만 그러고 싶지 않아!** 이것이 결국 나의 진심이었다. 새로운 맛을 계속해서 탐하는 혓바닥처럼 뒤탈은 개의치 않은 채 끊임없이 현재의 희열만 느끼고 싶었다. 무한한 성욕이 들끓었고, 인생을 송두리째 바꿔야 한다는 환청이 들렸다.

여자가 곁으로 와 나란히 앉고선 괴로워하는 나의 등을 감싸 안았다. 은우를 대할 때보다 훨씬 자상한 눈빛이었다.

"모두가 같은 갈등을 겪습니다."

"나만큼 혼란스러운 사람은 없었을 거예요."

"더한 사람도 보았는걸요."

코끝이 닿을 만큼 가까워진 여자의 입술이 유독 붉었다. 그녀의 뺨까지 그 입의 교활함을 닮아 점점 더 타올랐다.

"나는 불임 때문에 결혼 생활 내내 불행했어요. 외국에서 오래 살아 그렇다며 남편은 아이를 갖지 못하는 나를 모독했지요. 이혼을 준비하던 때에 도피성 워홀을 온 청년을 만났습니다. 영아 씨처럼 그 청년도 자기 통제력이 매우 높았는데, 한 번이라도 좋으니 몸이 아픈 엄마로부터 달아나고 싶었다고 하더군요. 우리는 시술자와 피시술자의 관계 이상으로 서로에게 많은 것을 배웠습니다. 그는 나로 인해 사랑을 배웠고, 나는 그로 인해 불임의 원인이 내가 아니라 남편이라는 걸 알았지요. 그 사람은 시술의 대가로 나를 증오로부터 해방해 주었습니다. 여태껏 살아온 나를 지키는 일보다 무너뜨리는 일이 즐겁다는 걸 처음으로 알게 됐어요. 은우를 볼 때마다 늘 그를 생각합니다. 비록 영아 씨처럼 그도 통제된 삶을 살고 있겠지만, 여전히 그때를 그리워할 테죠."

25마트에서 과자를 잔뜩 구매한 은우가 어깨로 문을 밀어 들어왔다. 팔이 자유롭지 못해 문턱에 걸려 넘어졌고, 은우를 일으키기 위해 여자는 자리에서 일어났다. 신발 앞코에 치여 팔 조각은 아주 멀리 미끄러져 갔다.

은우를 걱정하는 여자의 입술을 바라봤다. 여전히 붉었다.

앞으로도 붉을 게 분명했다. 나는 파운드케이크를 한 입도 먹지 않았다.

여기에 더 있을 필요가 없었다. 가야겠어! 테이블에 올려진 것을 가방에 쓸어 담고선 가게를 뛰쳐나가려 하는데 여자가 손목을 붙잡았다.

"그래서 당신은 과거로 돌아가기를 바라나요? 혹은 미래에 구속될 건가요?"

지금은 대답하고 싶지 않았다. 팔을 휘둘러 거세게 뿌리쳤으나 그녀는 아랑곳하지 않고 할 말을 이었다.

"다시 해방을 원한다면 추가 시술을 받으세요. 대신 그때부터는 유료예요. 그들도 장사는 해야죠? 무료로 받고 싶다면 당신처럼 통제력이 강한 피실험자 한 명을 연구소에 데려가세요. 차에 태워서든, 머리채를 잡아서든."

이제야 알겠다. 수원이 나를 선택한 이유를.

"잘 찾아봐요. 통제력을 살펴보는 과정이 몇 년은 걸릴 테니까."

*

주차된 차량의 타이어를 난도질하는데 수원이 도착했다. 공기압을 살펴보는 중이라 둘러댔고 수원은 그런 나를 안아

주며 오늘 하루도 고생이 많았다고 속삭였다. 조수석 문을 직접 열어주고 나를 대신해 시동을 켜는 그의 옆태는 여전했다. 직선으로 똑 떨어진 콧대. 그 익숙한 모양을 바라보니 손이 떨려 참을 수가 없었다. 가방 안에 넣어둔 칼을 떠올리며 사타구니에 힘을 꽉 줘 허리를 고정했다.

이제 나는 1도도 기울어져선 안 됐으니.

"드라이브 가고 싶어. 멀리."

"좋아."

그의 두 손이 핸들을 꽉 쥐었다. 긴장으로 미칠 것 같았다.

"영아야."

"응."

"프러포즈는 없던 걸로 해줘."

나는 대답하지 않았다.

"미안해."

수원이 내게 사과했다. 이 사과에서 내가 건질 만한 정보는 오직 하나였다. 지금의 수원은 죄책감을 느끼는 존재라는 것. 그가 살면서 이룩한 모든 교양과 지식의 집합체가 이 사과였다. 야만적인 개체는 겪지 못할 감정이 지금 남자의 마음에 가득 들어찼다. 언제나 그렇듯이 수원은 좋은 사람이었다. 똑똑한 남자라는 의미다.

그러니 수원은 순수하지 못했다. 나도 자정이 지나면 불순해질 게 분명했다. 통제와 해방을 모두 아는 상태에서 치열하게 싸워내는 녀석들은 하나같이 이도 저도 아닌 색으로 살아가야만 할 테지. 하얗다면 올곧이 하얗고, 검다면 올곧이 검은 내가 될 수는 없는 걸까.

"영아야. 우리가 연남동 카페에서 처음 만났던 순간을 떠올려 봐."

여자의 말에 반대해야겠다. 균형은 필요 없다. 둘 중 오직 하나만 아는 내가 돼야만 순수한 존재가 된다. 선과 악, 둘 중 하나를 소멸시켜 버린다면 균형은 자연히 사라지고 한쪽만 살아남는다. 그것이 곧 입구이자 출구, 오직 하나의 관념만 남은 절대적 순수가 된다.

순수를 모십니다.

내 안에 단 하나의 나만을 모십니다.

계속해서 말하는 수원의 옆모습을 노려보며 내 뜻대로 순수해질 나를 상상했다.

"워홀을 끝내고 입국한 직후였어. 나는 곁에 둘 사람을 찾아야만 했어. 외롭고 불안했거든. 그래서 나와 달리 선량한 자기 확신이 있는 사람이 필요했어. 그때 카페에서 어떤 여자를 봤지. 그 여자는 옆 테이블 손님이 하얀 치마에 음료를 쏟았음에도 화 한 번 내지 않고 스스로 닦겠다며 배려했어. 그게 너였고. 너는 아무리 나쁜 일을 겪어도 선량하겠다는 확신이 있는 여자였어. 그때부터 지금까지. 5년간 너를 바라보며 내 판단은 더 선명해졌어. 네가 나를 도와줄, 내 이상에 가장 일치하는 여자이자 구세주라는 걸. 아름다웠어."

완전한 순수. 그것은 내 세계에서 한 번도 재현된 적 없는 폭력으로 완성될 것이다. 어떤 말로도 통제되지 못할 완벽한 해방. 그 해방은 너, 이수원, 네 몸이었다. 나는 사랑을 향해서도 완전한 해방을 경험하길 원하니까.

"오빠."

"응."

"궁금한 게 있어."

과거에 나는, 단일 선택지가 선량했음에도 불구하고 그것들을 병렬로 나열하면 결국 악행이라는 평가표를 받아버리는 여자였다. 하지만 이제는 알 것 같았다. 자잘하게 나열된 노력을 모두 없애줄 방법이 있었다.

수많은 옐로카드들을 한꺼번에 날려줄 레드카드를 원한다. 구차하게 노란색으로 채워진 나를 보고 좌절할 바에야 단 하나의 거대한 레드카드를 받겠어. 연쇄적으로 이어졌던 선택지들이 어떤 모습이었는지 사람들이 생각조차 못 하도록 하

자. 그럼으로써 나는 과거의 무수한 나를 해방시킨다.

거대하고 추악한 악행을 하자.

"오빠는 호주에서 어떤 이름으로 불렸어?"

"마일로."

가방에서 칼을 꺼냈다. 나루터에서 가져온 칼이었다. 단번에 수원의 목을 그었다. 수원이 깜짝 놀라며 핸들을 꺾었고, 출렁거리는 차량이 갓길에 정차했다. 멈추지 않고 한 손으로 그의 옆얼굴을 쥐고선 칼을 목에 연거푸 비볐다.

오직 살인이라는 커다란 죄만이 나의 자잘한 옐로카드들을 상쇄할 거다. 내가 정의감을 위해 25마트에 가지 않으며 살았다는, 아이를 좋아하는 척했다는, 두려워하는 고양이를 억지로 챙겨줬다는, 사랑하지 않는 사람을 사랑으로 곁에 두었다는. 그 모든 선택지를 깡그리 말소시키고 오직 '살인자'라는 명칭만 남겨둘, 커다랗고 새빨간 해방이다.

"여, 영아야…."

하지만 이상했다. 왜 타이어를 난도질했음에도 차는 펴지지 않고 이렇게나 말짱히 갓길에 정차한 것일까. 그러고 보니 흠집은 제대로 났었나. 수원을 태워 주차장을 떠날 생각에만 집중하느라 철저하게 확인하지 못했다.

그의 목이 붉은 상처로 푹푹 파였으나 잘리지는 않았다. 그는 내 손목을 세게 쥐고, 끔찍한 눈으로 목도하고 있었다. 칼을 박아 넣으려 하는 사랑의 민낯을.

그렇다면 나는 지금 무엇을 쥐고 있는 것일까. 오렌지 파운드케이크의 향이 났다.

이건 날이 무딘 빵칼이었다.

"너도 해냈구나."

날에 얼굴이 비쳤다. 울고 있는데도 웃음이 나왔다.

때로는 억압이 존엄을 지킨다.

기압에 의해 몸의 형태를 유지하는 지상의 모든 생명체들처럼.

에필로그

수원이 아무렇지 않게 목을 물티슈로 닦는 동안에도 흥분이 가시지 않았다. 울지도 웃지도 못하는 괴이한 표정이 얼굴에 남았다. 빵칼로 자르지 못한 수원의 목에는 붉은 상처가 생겼다. 일주일이 지나면 딱지가 앉고, 3주가 지나면 황색으로 변해서 결국에는 세 달을 넘기지 못하고 사라질 정도였다.

"미안해하지 않아도 돼."

그래서일까. 그의 상처를 바라보는 내 시선보다 수원의 목소리가 오히려 더 가벼웠다. 그는 피로 얼룩진 물티슈로 나의 이마를 닦아주고는 지난번 것과 똑같은 생수를 내밀었다.

"병원 가기 전에 이 물 마시고 기분이 좀 이상하지 않았어?

마음이 평소보다 약해졌다거나."

"무슨 뜻이야?"

"아냐, 신경 쓰지 마."

차창 너머의 하늘에도 내가 낸 칼자국이 생겨나니, 그 살점을 비집고 피가 찬 달이 얼굴을 내밀었다.

"내려줘."

"좋을 대로."

목을 잘 닦은 수원은 핸들을 다시 잡았다. 나는 갓길에 하차했다. 수원은 오늘 밤이 지나면 우리의 관계는 내가 '좋을 대로' 정의될 것이라 말했다. 헤어진다거나, 조금 더 만나보자거나, 그 어떤 의미에도 속하지 않는 말이었다.

온몸이 여전히 뜨거웠다.

"나는 너를 이해해. 이건 거짓말이 아니야."

어쩌면 마지막으로 들을 그의 음성이었다. 고속도로와 어둑한 하늘이 만드는 소실점을 향해 검은 세단은 한 번의 제동 없이 달려갔다. 내 손 안에는 가방과 빵칼, 그리고 생수 하나뿐이었다. 오렌지 파운드케이크의 향기는 흔적을 지키지 못하고 흩어졌다.

생수병을 확인했다. 유통기한은 이미 지나 있었다.

갓길을 따라 다리를 움직였다. 앞으로 나아가겠다는 의지를 품지 않아도 걸음이 기계처럼 앞으로 향했다.

쌀쌀한 날씨였다. 겉옷을 만지작거리며 깨달았다. 이것은 은주가 준 셔츠였다. 그 셔츠를 벗어 뒤로 던졌다. 옷감이 펄럭거리는 소리가 들리더니 멀리까지 날아가 버렸다.

"이걸로 끝은 아니야."

치마 안에 손을 집어넣었다. 나는 지금 수원이 선물한 속옷을 입고 있고 있다. 스스로 선택할 수 있는 시간은 얼마 남지 않았다.

"절대로 아니야."

팬티를 벗어 재빠른 바퀴들을 향해 던졌다. 날개 없이 추락하는 삼각형의 천 위로 무수한 차들이 지나갔다. 타이어 자국이 난잡하게 새겨졌다. 나는 방금까지 저 더러운 팬티를 입고 있었고, 그때는 분명 깨끗했다.

"괜찮으세요?"

한 사람이 떠올랐다. 카페에서 은주를 닦아주던 직원. 그 사람도 선량해 보였어. 그렇다면 그 사람도 나를 대신해서 내가 될 수 있다. 역시 이대로 끝은 아니야.

꼴이 웃겨서 웃어봤다. 목젖에 찬바람이 닿는 역한 기운을 느낄 때까지 입을 찢어도 봤다. 웃음이 났다. 웃기지 않은가?

부끄러운 여자는 태어나는 게 아니다. 만들어지는 것이지.

그렇다면 추한 여자 또한 태어나는 게 아니다. 만들어지는 것이다.

자정이 다가오고 있었다. 오늘이 끝나가려 했다. 달의 하얀 면이 점점 더 또렷해지는 중이었다. 그제야 나는 다시.

부끄러워졌다.

작가의 말

일단은 죄송하다.

문학에는 네 종류의 결이 있다고 본다. 보편유익*, 특수유익**, 특수무익***, 보편무익****. 이 글은 특수유익과 특수무익의 경계에 있을 거다. 2023년 7월에 초고를 완성한 후로 줄곧 변명하는 상상만 했다. 뭐라고 핑계를 대야 덜 미움받을까, 감히 나에게 돌이라도 던져줄 사람이 있을 거라는 김칫국을 마

* 보편적으로 유익함(가장 좋다).

** 특정 사람들에게 유익함.

*** 특정 사람들에게는 무익하고 때로는 해로움.

**** 보편적으로 무익하고 해로움(가장 나쁘다).

시면서.

만약 소설을 읽고 화가 났다면, 당신이 도덕적이기 때문이다. 반면에 해방감을 느꼈다면, 그것 역시 당신이 도덕적이기 때문이다. 상반되는 두 결과 모두가 당신의 도덕성을 증명한다. 왜냐? 당신은 도덕적인 사람이고 그래야만 하도록 교육받았으니까. 숨 막히지 않는가? 화를 내는 일도, 해방감을 느끼는 일도, 당신이 곧 '사회'라는 거대한 덩어리에 예속된 '자코메티 조각상의 팔'임을 의미한다.

겨우내 내린 눈이 벚꽃을 더 아름답게 만들듯이, 따뜻하고 다정한 글들을 위하여 척박한 글도 존재할 필요가 있다는 게 나의 변명이다.

아무튼 두 가지 관점에서 작가의 말을 이어가 보겠다.

첫 번째. 작품에 관해서.

내가 생각하기에 『오렌지와 빵칼』은 직설적인 글이고, 그래서 폭력적이다. 나는 오랜 시간을 '은주'라는 인물로 살았다. '영아'는 그런 내가 만든 스스로의 안타고니스트다. 어떤 분은 이 글을 '배설'이라고도 했다. 통제와 자유라는 상반된 가치를 세련되게 표현하는 길이 있었을 것이다. 건드려 봤자 욕밖에 더 먹지 않는 코드는 최대한 배제하고서. 얼마든지 안전하게 쓸 방법이 있었다는 말이다. 하지만 그게 무슨 의미가 있는가? 내가 쓰고 싶은 글은 결국 『오렌지와 빵칼』이지 다른 무언가가 아니었다.

작품에 자코메티가 나오는 이유는 즉자와 대자의 의미를 은유하기 위해서였다. 사실 나도 완벽히 통달한 개념은 아닌데, 풀어 말하자면 이렇다. 즉자란 '직접태'다. 사물의 직접적인 쓰임새이자 본질. 건드리지 않아도 규정되는 값. 예컨대 당신이 마당에 사과나무를 심었다. 그 사과나무는 무엇인가? 그냥 사과가 열리는 나무다. 이것이 즉자다. 그렇다면 대자란? 당신이 사과나무에게 좋은 말을 해주고, 좋은 소설책도 읽어줬더니(『오렌지와 빵칼』이 아닌 다른 책, 크크크) 사과나무가 당신을 향해 가지를 더 길게 뻗었다. 그 가지에선 더 맛있고 붉은 사과까지 열렸다. 이것은 단순한 사과가 아니다. 당신과 소통했고, 그로 인해 사과나무가 자신의 변화 가능성을 눈치챘고, 이를 발현했다. 이 사과나무는 더 이상 '그냥 사과가 열리는 나무'라는 본질에 머물지 않는다. 사과나무의 실존이 본질을 앞선다. 이것이 대자다.

그래서 사물은 대부분 즉자에 머물고, 생명체는 대자다.

하지만 나는 『오렌지와 빵칼』에서 즉자적 존재의 사람에

대해 말하고 싶었다. 우리가 타인과 소통하고 반성하며 변화하지 않고, 날것 그대로에 머무는 이야기. 오로지 본질적인 의미만을 고려한 즉자적인 우리. 그래서 폭력적이고, 어리석은 상황까지 상상하는 이야기.

왜 그래야만 하는가? 대자는 언제나 '결함'을 안고 있기 때문이다. 앞의 사과나무를 다시 가져오자면, 상대를 향해 팔을 뻗어야만 하고, 닿아야만 하고, 더 빨간 열매도 맺어야 하는데 매일 성공하지는 않을 터다. 사과나무는 그때마다 결함을 자각한다. 그래서 대자는 '결여태'이기도 하다.

우리는 결여된 존재로 남고 싶어 하지 않는다. 또한 우리는 결여를 채우는 게 가끔은 버겁다. 있는 그대로 수용되길 원한다. 비록 내 도덕성이 상대의 기준을 충족시키지 못해도, 내가 이 사회의 정의를 실현하지 못해도, 심지어 그 정의에 균열을 만드는 존재라 할지라도. 그냥 살아 있고 싶다. 있는 그대로.

나는 그런 우리에게 공감을 던지고 싶었다. 공감과는 가장 거리가 먼 말들로.

두 번째. 나에 관해서.

생각만큼 인기가 없다는 이유로 사석에서 업계 동료에게 '육두품 작가'라는 강렬한 평가를 받은 적이 있다. 그 후로 계속 생각했다. 왜 내 작품은 인기가 없는가?

제대로 된 문장을 못 써서? 팬이 적어서? 공모전 수상 원툴 작가라서? 안 따뜻해서? 문창과 친구들이 없어서? 굿-루킹-걸good looking girl이 아니라서? 유식해 보이고 싶은 탓에 온갖 철학을 갖다 써서? 아니었다. 답은 의외로 간단했다.

솔직하지 못해서다.

있는 그대로 사랑받고 싶어 하면서 한 번도 있는 그대로의 생각을 꺼낸 적이 없었다. '인물이 서로 공감하는 코드 넣어야겠지?' 싶어서 넣고. '힐링 코드 넣어야겠지?' 싶어서 넣고. 사람들이 왜 그걸 좋아하는지 진정으로 공감하기보다는 전략으로써 감히 그것들을 이용했다. 나에게 재능이 있어 허술한 손놀림으로도 독자들을 속일 수 있다 기만한 셈이다. 마치 테일러 스위프트가 부른 〈Anti-hero〉의 한 구절처럼.

'내가 이타적인 척하면서 나르시시즘 감추는 거 들었어? 무슨 정치인 같지Did you hear my covert narcissism I disguise as altruism. Like some kind of congressman?'

나는 그런 내가 역겨웠다.

그러다 『라스트 젤리 샷』, 『수호신』을 기점으로 조금씩 용기를 냈다. 또한 '이번 책은 적당히 타협해서 그래요!'라는 비겁한 변명도 안 하기로 했다. 어차피 타협해도 안 팔리고, 타협 안 해도 안 팔린다면, 타협을 안 하는 게 본새라도 나더라. 『오렌지와 빵칼』은 그래서 가능했던 글이다. 이런 글이 영 탐탁지 않다면 많이 사주시라. 그럼 겁쟁이인 나는 시선이 두려워서 더 이상 이런 글을 못 쓸 것이다.

물론 청예라는 창작자의 작품을 사랑해 주는 독자님들이 계심도 안다. 늘 감사하고, 그분들이 써주신 리뷰를 보며 큰 감동을 받기도 한다. 타협하지 않겠다는 용기도, 타협하겠다는 의지도, 모두 독자님들이 있어서 가능했다. 신이 있다면, 내 감사함을 복으로 바꾸어 그분들의 미래에 나눠주길. 난데없이 비장해지는 내 마음이 진실된 감사로 전달되길.

작품에 지지를 아끼지 않으신 허블팀에도 감사하다. 긴 감상 메일을 보내주신 김학제 팀장님. 에필로그와 프롤로그를 탄생시킨 멋쟁이 박소연 대리님! 우리 같이 책임집시다(크크). 인간적이고 선량한 사람들의 노력이 많이 투여됐다. 감사하다.

또한! 나는 아이와 고양이를 좋아한다. 좋아함에도 불구하고 미워하는 상상이 가능하다는 모순을 부디 이해해 주시길. 기술된 각종 사건 사고는 순수 창작이다. 그리고 이 소설에는 아이돌 그룹 NCT의 〈일곱 번째 감각〉 가사를 오마주한 문장이 하나 있으며, 작품 초고는 서울프린스호텔이 지원하는 '소설가의 방'에서 투숙하며 창작됐다.

끝으로, 당신이 조금 덜 도덕적이어도 나는 당신을 좋아할 수 있다. 이해할 수도 있다. 나 또한 그런 인간이니까. 그러니 타인을 마주하는 일에 괴로움이 없기를.

추신. 선물이 있다. '옥돔 해장국'의
옥돔이 주인공인 스핀오프 영상이다.
이 QR코드로 감상이 가능하며 3분짜리다.

오렌지와 빵칼

초판 1쇄 펴낸날 2024년 7월 17일
초판 7쇄 펴낸날 2025년 1월 20일

지은이 청예
펴낸이 한성봉
편집 김학제·안태운·박소연
콘텐츠제작 안상준
디자인 최세정
마케팅 박신용·오주형·박민지·이예지
경영지원 국지연·송인경
펴낸곳 허블
등록 2017년 4월 24일 제2017-000050호
주소 서울시 중구 필동로8길 73 [예장동 1-42] 동아시아빌딩
페이스북 www.facebook.com/dongasiabooks
인스타그램 www.instagram.com/dongasiabook
트위터 twitter.com/in_hubble
홈페이지 hubble.page
전자우편 dongasiabook@naver.com
블로그 blog.naver.com/dongasiabook
전화 02) 757-9724, 5
팩스 02) 757-9726

ISBN 979-11-93078-25-9 03810

※ 허블은 동아시아 출판사의 문학 브랜드입니다.
※ 잘못된 책은 구입하신 서점에서 바꿔드립니다.

만든 사람들
책임편집 박소연
크로스교열 안상준
디자인 곰곰사무소